ギルドマスター
アトラス・アレクトス
冒険者ギルドの受付嬢
シャーロット
ギルドサブマスター
カラク・カーバント

ギルド職員
フェリオ・ピクス
Sランク冒険者
魔王 ルシェフ
新人受付嬢にして美人妻
メロディー・ネプト

転生した受付嬢のギルド日誌

Seica

ぶんか社

CONTENTS

第一章　冒険者ギルドの受付嬢

「お次の方どうぞ」

冒険者ギルドの受付カウンターには列ができている。

そのカウンター内から見ると、正面には出入り口、左壁には依頼が貼ってある掲示板、右に飲食できるテーブルと椅子がある。

どちらにも人が――冒険者たちが集まっていた。ギルド内は混雑して、がやがやとざわめいている。それでも窮屈《きゅうくつ》に感じないほどの広さだ。それは、天井が元々高く、二年前に改装して壁や床などの色合いが明るくなったことも手伝って、いっそう強くそう感じられた。

そして小奇麗なカウンターの天井近くには、でかでかと横断幕がかかっている。

『横入り禁止』

この効果によるものだろう。受付に用事がある人は、荒くれ者に見える人でもきちんと順番を守っている。

冒険者ギルド。

簡単に説明すると、登録している人たちに仕事を紹介する組織。

仕事の内容は、『果物の皮をひたすらむいてほしい』という簡単なものから、『魔物を退治してほしい』『足を踏み入れにくい場所から薬草を採取してきてほしい』というものまで多岐にわたる。

仕事の依頼を受けるのは冒険者と呼ばれる人々で、冒険者ギルドは仕事内容を見極めて、完遂《かんすい》できそうな冒険者たちに紹介しているのだ。

そんな組織のカウンター内にいる私は、二年前からここの受付嬢として働いている。

皆からはシャーロットと呼ばれていた。

当初は、冒険者ギルドの受付業務が初めてで大変だったけれど、今では身につけた魔法とスキル、さらには前世で事務をしていた記憶を活かして一通りのことはできるようになっていた。

「はい、キラキラ草ですね。確認します」

依頼で採取してきたものを確認する。文字どおり茎と葉がキラキラして、色は黄緑から青のグラデーションだ。

(そういえばこの植物……。この世界で初めて見たなぁ。前の世界に、近いものはなかったと思う)

そう、私はいわゆる異世界転生者だ。

物心ついたときから「ここは今までとは違う世界なのだ」とわかっていたように思う。周りの人たちの髪や目の色が個性的だったし、文明が地球で生活していた頃より後退していたから。

前世の私は事務系の仕事をしていた。

数回くらい転職したのかな。ＯＬで一般事務だった記憶と、塾の受付事務をやっていた記憶がある。

記憶があいまいなのは、この世界に転生して十七年も経ち、日々の暮らしに慣れてきたせいだろうか。子供の頃より思い出す頻度《ひんど》が減り、鮮明さもなくなっている。何かのきっかけでふと思い出すか、困ったときに必死に記憶を掘り起こすくらいだ。

昔の名前も……覚えてない。

んー、季節の名前が入っていた？

いやいや、自然に関係ある名前だったかな。……やめよう。考えてもしょうがない。

今は、シャーロットなのだから。

「はい、お待たせしました。次の方どうぞ」

前世の記憶のほかに、仕事に役立つことがある。

それは、この仕事を始めたことによって覚えたスキル。事務系スキルだ。

スキルというのはその人が持っている技能みたいなもので、「突出してその力（技）が使えますよ」ということを表している。

スキル自体は誰もが持っているし、もちろん戦闘系のスキルも存在する。ただ、この場で役立つのはこれ。

『美文字』『速読』『速記』。

「依頼の完了ですね。ギルド登録カードをお預かりします。お待ちください」

『速読』のスキルで、完了報告が書かれた紙をすばやく確認。続いてその紙の完了確認欄に、本日の日付と自分の名前を書く。

『速記』と『美文字』のスキルのおかげで、すさまじく速く書いているのに字の乱れがなく、きれいに書けた。

事務系以外にもスキルをたくさん習得しているけれど、普通の人はそこまで持っていない。転生者であることも関係しているのか、私はとある理由で他の人よりスキルを覚えやすかった。

さて、作業の続きだ。専用魔道具の所定の位置に、記入後の紙とギルドカードを置く。これにより依頼を完遂させた人のギルドカードへ完了状況が登録される。

いつ・何の依頼が・完了した、ということが記録されるしくみだ。

そして、もろもろの処理が終わり「次の方」と呼ぼうとしたところ、横から割り込んでくる者がいた。

「ねぇちゃん、この依頼を受けたいんだけどよ」

……カウンターの上の「横入り禁止」の文字が見えなかったのかな。

「すみません。お並びいただいている方が先になります。そちらに並んでお待ちください」

私はその犬系獣人の方に、列の最後尾へ手を向けて促した。

もしかしたら文字が読めないか、カウンターの上の横断幕には目が行かなかったか、列が見えなかったのかもしれない。最初は笑顔で教えてあげた。

「俺は今！　受けたいんだよ!!」

……やっぱりこういう手合いか。

「こちらは横入り禁止です」

笑顔できっぱりと教え、再度並ぶよう言った。

皆さんはちゃんと並んでいる。特別扱いをする気はない。

「――っ。俺は並ばねぇって言ってんだよ！」

体だけは大きい男。

大声を出せば要望が通ると思っているのかな。意地になっているのか居丈高《いたけだか》だ。

こういった輩《やから》は最近見なかったけど、並べないなんて大声で言うのは恥ずかしくないのだろうか。

やれやれ……と思って私はそっと魔法を使った。

この町の皆さんや常連さんにはよく知られた、私の得意魔法。

「では、皆さんの用事が終わって、列がなくなってからいらしてください。ただし、いつ空《す》くかはわかりません」

それを聞いた短気な男は、私の喉元を掴もうとして手をすばやく伸ばす。

ゴンっ。

そしてカウンター前に現れた透明な壁に阻《はば》まれ、突《つ》き指《ゆび》した。

「いってぇぇぇ!!」

受付カウンターの前方、男の身長くらいの高さで現れた無色透明なガラス板のようなもの。それが、私の障壁《しょうへき》魔法だ。

このようにすぐ暴力に訴えるような輩や、猪突猛進《ちょとつもうしん》型の魔物にはとても有効。勝手に突っ込んできて、勝手に障壁にぶつかってくれるから。

強度もかなりある。上位の魔物が体当たりしてもびくともしない。

さらにこの障壁は、私の意思で一定距離なら自由に移動可能だ。

私は障壁を床に垂直に立てたまま、出入り口に向かって男ごと押し出すように滑らせる。

そうそう。無関係の人が横に避《よ》けやすいように、障壁に色をつけなければ。

案の定、このやり取りを見ていた人たちは、障壁に当たらないようすっと避けていた。

障壁魔法で押し出されていく男は、ずりずりと床を擦りながら、開け放たれたドアの外に追っ払われる。

「すみません。お待たせしました」

カウンター前で待っていた人に一言詫《わ》びて、何事もなかったように仕事を再開した。

◆◇◇◇◇◇

「次の方、どうぞー」

次に呼んだ三人は、髪の色がそれぞれ青、黄、赤と分かれていて、前世で見慣れた信号機を思い出した。

こちらの世界は私がいた世界と比べると、髪や瞳の色が実に様々だ。

このギルドに勤める職員だけでも赤茶色の髪、金髪、明るい紫、青みが強い黒、オレンジなど実に多彩。

そんな私の髪はピンクがかったブロンド。毛先が肩甲骨に届くくらいの長さ。ふわっとした髪質で、光の加減でピンクが濃く見えたり薄く見えたりする。瞳は茶色。

髪も目も、人族として特別珍しい見た目ではない。

体格は幼少期の栄養不足のせいか、やや細身。

「はい、こちら報酬《ほうしゅう》です。……あれ。防具ぱっくり割れちゃったんですね」

報酬を渡すときに目が行った。戦いの最中に壊れたらしく、これから買いに行くらしい。

対する私の服装はギルドの制服。仕事中はいつもそれを着ている。

女性の制服はベストにブラウス、ハーフ丈より短いパンツかスカート。私はよく動くし何かあってもすぐ対応できるようにパンツ派だ。

男性の制服も似たような感じ。ベストにシャツ、ズボン。

着る人の外見的特徴も考慮される。

獣人や妖精族のように尻尾や羽があれば、その部分がちゃんと通せる作りになっていた。

私が住むこの国は、フォレスター王国といって多種族国家で有名だ。

周辺諸国からは、好意的な意味で過ごしやすい国、悪意を含んだ意味では雑多な国と言われるほど、多種多様な種族が暮らしている。

これまたギルドの職員にいるだけでも獣人族、エルフ族、妖精族、ドワーフ族がいて、鱗人族《りんじんぞく》と人族のハーフなど混血の人たちもいる。

依頼や受注のために魔族も普通にやってくる。魔王様が治めている国とも同盟を結んでいて、商人も行き来するほど良好な関係なのだ。

魔王様が治める国には、魔族のほかに龍族という種族も住んでいる。空を飛ぶ美しい姿を見たことがあるけど、直接会ったことはない。

――ちなみに私は純粋に人族。おそらく何代遡《さかのぼ》っても、人族以外の血は混じっていない。単一種族の国出身だから。

「すみません……」

「はい。何でしょう」

か細い声が聞こえた。見たところ人族の男性で、弓を抱えている。

「ボクは臆病《おくびょう》で。気弱で。弓しか使えないので、近接攻撃が得意な方とパーティーを組みたいのです……」

自分で臆病、気弱って言わなくても。腕はよさそうに見えますよ。

「わかりました。今パーティーを募集しているところは……」

「あのっ！　それで……エルフがいないところがいいのです……」

最初強めに言って、だんだん声が小さくなっていく。

「え、はい。わかりました」

一見《いちげん》さんに「なぜですか？」と聞くつもりはないので、ご要望どおりのパーティーを探す。

「ボク……つい最近、国を出たばかりで……エルフとはちょっと……」

何がちょっとかはわかりませんけど……いや、彼の国はエルフを好ましく思っていない国だったはず。ともかく、エルフのいないパーティーはたくさんあるので、彼に適したパーティーを考えよう。

このパーティーはどうかなと紹介しようとした矢先。

「あっ！　イイ男発見！」

「きゃ〜。ホントだ〜」

隣のカウンターで用事を済ませていたエルフの女性二人組だった。彼女たちはよくギルドに来る常連さんだ。

「ねっねっ。もしかしてパーティー加入？」

「ウチんとこ入ってよ〜」

目ざとくパーティー募集の書類を見てしまったのか、急に彼を勧誘し始めた。

「こちらの方のご要望と一致しませんので、お引き取りくださ い」

押しの強いエルフ二人に伝えた。

「うっそ！　ねっ、あなた見たところ弓使うんでしょ」

「私たちのところ、ちょうど弓使う人がいなくて困ってたのよ〜」

そちらのパーティー、魔法攻撃する人ばかりだったような。遠距離特化型パーティーにでもするのだろうか。

それに問題はそこではない。

「あなたたちの要望ではなく、こちらの方の要望を伺っているんですよ」

ご覧なさい。かわいそうに固まってますよ。

「そう言わずにっ！　少し話し合いの機会を頂戴《ちょうだい》っ！」

「お願い〜」

あ。

彼が固まっているのをいいことに、両側から挟んでしまった。

「ほんのちょっとっ！　ちょっとだけでいいからっ！」

「お話させて〜」

すさまじい速さだった。まるで風にさらわれたかのように、彼は、空いているテーブルまで連れていかれてしまった。

すごく困っているようだったら助けようかと思ったけど、普通に話し始めたのでそのままにした。

列にはまだ並んでいる方もいるからね。

それから少し時間が経って、憑《つ》き物が落ちたかのような表情の彼が来た。

両脇にエルフ二人を従えている。

「あ、あの。こちらの方々のパーティーに加入します！」

「大丈夫ですか？　脅《おど》されてないですか」

表情から大丈夫だとは思ったけど、あまりの変わり身の早さに聞いた。

「はい。大丈夫です。ボクも思い違いしていて……。ボク、エルフはもっと閉鎖的で、鼻持ちならない存在だと聞いていました。国を出るとき散々言われましたから。でも、この方たちはとてもそんな感じではなくて……」

そうですか。こちらの女性二人は多少強引だけど、鼻持ちならない人たちではないですからね。

ご自身の意思であれば、かまいませんよ。

「虐《しいた》げられるって言われていたらしいのよ～」

「ひどいわよねっ」

からからと笑っている面食いの女性エルフさんたち。

よくわからないけど、まとまったのならよかった。

このギルドで他にもエルフをよく見かけるけど、特に気取っている雰囲気は感じられないからね。

むしろ二人はやかまし……明るく屈託《くったく》のない性格だ。

「虐げられたらまた来てください。パーティーから抜ける相談もしていますよ」

ないよー。と笑って去っていく三人。

強さの偏《かたよ》りはなさそうだけど、完全に遠距離特化型パーティーになってしまった。空飛ぶ魔物が襲ってきたときは、大活躍してくれるだろう。

さて、お次は……。

「この依頼受けるよ」

そう言って依頼書を差し出したのは、最近この国に来た虎獣人の方。

獣人にはいろいろな種類がいる。

人族に近く、耳としっぽが獣の方。獣に近く全体的にもふもふしている方。

こちらの方は上半身が虎。顔もそう。

獣人差別が残る故郷の国を出てきて、現在は特にパーティーを組むことなく一人で活動していた。

私はいつもどおり依頼の受注作業をする。

「この国はいいよね。依頼書出せばそのまま受けさせてくれるから」

どういうことだろう。いたって普通のことをしていると思うのだけど……。

「前のところ……故郷ではね、出してもまず人族で他にやりたい人がいないか聞くんだ」

「誰も受けないから、掲示板に貼ってあったのではないんですか？」

だから周りに聞いても意味がないのでは。

「獣人が受けようとする依頼を、わざわざ面白がって横取りするんだ」

「くだらないですね」

あそこの国ならやりそう。という言葉は一応、口の中にとどめておく。

「あの国にこれ以上いる必要がなくなったからここに来たけど、……また受付さんが人族で、ちょっと不安だったんだ。でも杞憂《きゆう》でよかったよ。ごめん、気を悪くした？」

「いえいえ、大丈夫ですよ。ここは基本、先着順ですからね。横入りと暴力をしなければいいだけです。それにそんな面倒なこと、いちいちやってられません」

そう。一日の依頼のやりとりが本当に多いのだから。

「うん。この国で活動できて嬉しいよ」

私も嬉しいですよ。こんなに強い方がこの国の、さらにこの町にいてくださって。安泰《あんたい》というものだ。

魔物が襲ってきたときは頼りにしてます。

――彼が元いた国は今頃きっと大変だろう。重要な戦力がこちらに移ってきたのだから。まぁ、知ったことではないけど。

彼はここに来たとき、先ほどの人族の方のように自信がなさそうだった。最近はとても明るくなったと思うし、去っていく背中も堂々としている。

――この町もこの国も、いいですよね。私も気に入ってますよ。

まぁ、この国に移民申請するときは大変だったけど……。

この町で暮らすために、種族についての試験があったのだ。

いろいろな種族が暮らしているので、種族の決まりごと、尊厳《そんげん》に関わること、何か問題が起こったときの対処法などなど、覚えなければいけないことがたくさんあった。

種族間で揉《も》める前に、お互いに相手を知らなければいけないらしい。ここのギルドで働くためには当然必要なことだ。そういえば、この支部の長であるギルドマスターが、私が当時ちゃんと合格できるのかやきもきしていたっけ。

「おい！　人の娘っ子の分際《ぶんざい》で、誰に何をしたのかわかってんのか⁉」

いきなり何。

すごくいい雰囲気だったのに。

差別発言というか、相手を見下した物言いはよくないよ。

あれ。さっき障壁で押し出した犬系獣人の男じゃない。

……あー。こちらも他国から来たのか。そういった言動は、周りの人たちまで嫌な気分にさせるのに。

先ほどのエルフ嫌いの国出身の男性と、獣人差別がまだ激しい国出身の虎獣人さんは、とても気持ちよく事務作業が終わったのにこの方ときたら困ったものだ。彼の出身は……いや、彼の場合は性格の問題かもしれない。

多種族国家というのを勘違いしている人もたまにいる。たまにね。

獣人や魔族が住んでいるのなら人族は下に見られているのだろう――と勝手に考えているのだ。人族に比べて獣人は力が強いし、魔族は魔法にも……人によっては腕力も長《た》けている。きっと人族は肩身の狭い思いをしているだろうと捻《ひね》くれた考え方をするらしい。

だけど、この国はどの種族が優位ということはない。人族だからといって能力的に劣るというのも迷信だ。

それにしても、先ほどの虎獣人さんとは大違いだよ。と思っていたら――。

「お前か。さっきからうちの受付に難癖《なんくせ》つけてるやつは！」

暇だったのだろうか。我らがギルドマスターが、のっしのっしと二階から下りてきて、キャンキャン煩《うるさ》い獣人の男の首根っこを捕まえていた。

赤茶色の髪をしたギルドマスター（略してギルマス）は、先ほどの男よりも一回り以上巨体の熊獣人だ。耳と尻尾に獣の特徴が出ている。

「詳しい話を聞かせてもらわんとな！」

軽々と引きずっていく。やかましいから外で話を聞くらしい。

ギルマスを追って一緒に下りてきたサブマスターが、おかしそうに肩を震わせている。彼のことは……あとで紹介させていただこう。

◇◆◇◇◇◇

そんな様々な種族がいるこの国だけど、私には前世の記憶以外にも、彼らが持ち得ないものを持っている。

――『鑑定』スキルというものだ。

私の持っている『鑑定』スキルは、人、魔物、武器、薬草などあらゆるものの詳細な情報が一覧となって見えるのだ。先ほどエルフの女性たちと仲間になった彼や、ギルマスに連れていかれた彼の出身国がわかったのも、『鑑定』スキルを使ったから。実は本名も見えていたし、長所も短所も大方知ることができた。

だけど、便利なこのスキルは皆に秘密にしている。

なぜなら『鑑定』のスキルがあるということが、世界的に判明していないからだ。能力値を測る魔道具なども存在していない。

昔、信用の置ける人に「あなたの体力や魔力はどのくらいあって、スキルはこれとこれを持っているよ」と伝えたところ、「そんなに詳しくわかるなんて」とひどく驚いていた。

そして、この能力のことは、誰にも内緒にしなければならないと約束させられた。

どうやら世間一般では、人や魔物の強さが何となくわかる人は存在するけど、『事細かに知ることはできない』というのが常識らしい。

世間の一般常識では、

・体力・魔力・力・知力・速さ・耐久の値がある。
・「体力」は、自分の命そのもので激しく動いたり攻撃を受けたりすれば減る。
・「魔力」は、魔法を使うときに消費する。
・スキルという特殊能力はあるが、確認する方法は皆無。

となっている。

『鑑定』スキルがある私から見れば、体力・魔力の説明はほぼ合っている。

「体力」は、前世の地球にあった……確か、ゲームとかいうもののＨＰ《ヒットポイント》みたいなもので、魔物などと戦えば減っていく。０《ゼロ》になれば死んでしまう。

「魔力」は、同じくＭＰ《マジックポイント》のようなもの。威力の小さい魔法を使用すれば減り方も小さく、大きな魔法を使用すれば大きく減る。どちらも休息や食事、ポーションと呼ばれる回復薬を服用することで回復するし、成長や修行にともなって上限が増える。

そんな体力・魔力の説明は、世間一般で公表されているものの、他の能力値についてははっきり触れられていない。目で見てわかるものではないので仕方ないのかもしれない。

しかし、冒険者をしていれば体感的にわかるものだ。

例えばこちらの魔法使いの女性。

「見て見て！　最近買った杖なんだけど、これ使ったら以前より燃やす力が数倍は増えたと思うのよ！　私の知力上がったんじゃないかしら」

「いいなぁ。どこで買ったの？」

知人に杖を自慢している女性。

新品の杖によって、『知力』（魔法の威力が上がる値）が上がったことを実感したらしい。

確かに私の『鑑定』結果でも上がっている。

いい買い物をしたようだ。

そしてあちらにいる男性二人の会話。

「おい、しばらく見なかったけどよ。まだ冒険者やってたのかよ」

「お前こそ、力しか自慢できないで、よく冒険者やってられるぜ」

「何だと！」

拳を繰り出すけれど、当たらない。会話ではなく喧嘩に発展してしまった。

「当たらなければ、意味ねぇよな！　俺は速さに磨きをかけたんだ！」

一人が自慢している「力」とは、腕力などの力のこと。

もう一人が磨いたと言う「速さ」は、走ったり避けたりする速さや攻撃速度が速くなることをいう。

「いいだろう！　お前とは決着をつけたかったんだ。このひょろひょろが！」

「俺こそ、お前みたいなぶたとはいっぺんやってみたかったんだ。ぐふぅぅ!?」

「なっ。ぐへぇぇぇ！」

突然二人は何かにぶつかり、まるで床を舐《な》めるようにして倒れ込む。透明の壁によって一人はずりずり床を拭くように、一人はころころ転がって掃き出されるように出口へ移動した。

「喧嘩は外で。迷惑をかけずにやってください」

私の作った障壁で出口まで一直線に追い出された。

力の値が多く速さに欠ける力自慢くんと、速さの値が多く力に欠ける敏速くん。

二人で組んだらちょうどいいのに。

「知力」「力」「速さ」の値は、数値で見えなくても自身の感覚でわかるので、世間で認識されている。

感覚でわかりにくい値といえば「精神」。

この値は世間に知られてさえいない。高ければ高いほどスキルと魔法が発現しやすくなるし、状態異常にもかかりにくくなるのに残念だ。

そして、私はこの値が一番高い。特にスキルは、周りの人たちと比べて五倍以上持っている。

「次の方どうぞー。お待たせしました」

やっと空いてきた。今はこちらのパーティーしかカウンターにいない。

「よぉ。表でギルマスといたやつぁ、シャーロットに突っかかってきてたのか？」

有名Aランクパーティーのリーダーが聞いてきた。ギルマスが例の男に説教でもしていたのかな。

「無知は怖《こえ》ぇな。見たところあれFかEランクじゃねぇか」

先ほど『鑑定』したらEでしたよ、他国の冒険者です。

とは言えないので「そのくらいでしょうか」と濁す。

「シャーロットは受付やってってけど、実はAランク冒険者なのにな」

パーティーリーダーはニカっと笑い、自身の金ぴかのAランク登録者カードと、掲示板に貼ってあった依頼書をカウンターに出した。

人の『鑑定』をすると、職業欄という項目が見える。

私が自分を『鑑定』した職業欄には、こう載っていた。

職業：　フォレスター王国冒険者ギルド　アーリズ支部職員
　　　　フォレスター王国冒険者ギルド　アーリズ支部Aランク登録者

アーリズ支部の『アーリズ』とは町の名前。今、私が住んでいる町のことだ。

私は現在、冒険者ギルドの職員だけど、この町に来る前は冒険者をやっていたから、Aランクの冒険者でもあった。金色の登録者カードも持っている。

スキルと魔法を覚えやすい能力を活かして、冒険者としてそれなりにやってきた結果だ。

ギルド職員なのに冒険者？　と思うかもしれないけれど、職員になったからといって登録解除をする必要はないし、職務規定にも違反していない。町の人たちにも大体知られている。

ギルマスも現役のAランク登録者だし、この国には現役冒険者でギルドの職員をやっている人が大勢いる。

そもそも、他の国や田舎の支部なら珍しいAランクもこの町ではそう珍しくもない。

なぜならこの町は、魔物がたびたび湧くことで有名な町なのだから。

◇　◇　◆　◇　◇　◇　◇

常連のAランクパーティー『羊の闘志』六名は、討伐《とうばつ》依頼を受注するとのことだった。

『羊の闘志』は他国にも「アーリズの町にこのパーティーあり」と言われるほど有名だ。私も冒険者をやっていた頃から知っている。

その頃から気になっていたパーティー名『羊の闘志』の「羊」の由来を聞いてみると、このあたりで大昔、羊の放牧をしていたからだという回答をいただいた。

今はもう放牧をしていない理由は、近くに広大なダンジョンができて、スタンピードが頻繁に起こるようになってしまったから。スタンピードとは、ダンジョン内の魔物（人などを襲う凶悪な存在）が増えすぎて、集団で外に出てきてしまうことをいう。集団で暴走するものだから、人々はこの城壁の内側に立て籠《こ》もって生活するようになったらしい。そして今に至る。

『羊の闘志』はこの町の不屈の精神を表し、古くからこの町に根付いているパーティーというわけだ。

Aランクが五名、Bランクが一名という六名のメンバー構成になっている。

私は、受け取った依頼書と登録者カードを、魔道具（前世の記憶でいえばスキャナーに近い）の所定の位置に置く。パーティーでの受注は、リーダーのカードがあればパーティー全員に受注登録されるしくみだ。

依頼内容は魔物の討伐だった。

『Aランク依頼
討伐（情報収集）
場所：ビギヌーの森
内容：B～Aランクの魔物の目撃証言あり、討伐または情報収集
人数：六名前後
報酬：討伐の場合、ランクポイント・300P。金貨十五枚。魔物の状態により別途報酬有。
報酬：情報収集のみは、ランクポイント・60P。金貨三枚』

「可能であれば討伐してほしいが、情報収集のみでもよし」という依頼だ。

ランクポイントとは、登録者が自身のランクをアップさせるのに必要なポイントのこと。

冒険者ギルドのランクは、一番下のGランクからF・E・D・C・B・A・Sと上がり、最高位はSSランク。

冒険者登録をした者はまずGランク・0ポイントから始まる。薬草採取や魔物を討伐することによってポイントをため、規定のポイントに至ったらランクが上がるしくみだ。

カウンターに出されたこの依頼書。

どの依頼でもそうだけど、依頼完遂後はパーティー人数で分割してポイントが入る。

『羊の闘志』六名で森へ行き見事討伐すると、300ポイント割る六人の計算で、一人につき50ポイント。金貨十五枚の報酬もパーティーに対してのものだ。倒した魔物をギルドに運んできて、毛皮なり牙なりを買取《かいとり》に出せばさらに報酬が入る。

「あ。この依頼行ってきてくれるんですね」

「早く片付けないと、あそこのダンジョンや森を使う坊主どもが困るからな」

この町の近くには二つダンジョンがあって、スタンピードを起こしやすいのは南東側だけ。

もう一つは南の森の洞窟ダンジョン。超初級ダンジョンで、低ランクの冒険者たちが頻繁に使う。少ない階層なので踏破しやすい。

実は今回の魔物の目撃情報は、その低ランクの冒険者の、しかも子供たちからだった。

本日、森に入り夕食にお肉を添える目的で低ランクの魔物を狩っていたところ、物音がしたらしい。こっそり見に行くと、高ランクらしき魔物がいた。一目散に逃げてきて、このギルドに報告してくれたのだ。

本人たちは、子供の証言だから信じてくれないと思ったらしい。

でも、私の『鑑定』でそのうちの一人を見ればわかる。『魔物解析』スキル（魔物の強さがわかるスキル）持ちがいるのだ。大きく外れてはいないと思い、Aランクの依頼として出すことにした。

Aランクの依頼は、B～Sランクが受注可能となっている。

金髪で細目という特徴があるエルフのサブマスター（以降はサブマス）は最初渋っていた。「子供の意見をそのまま取り入れるのかい」と。私は、情報収集込みの討伐依頼ならばよいのでは、と意見を擦り合わせて依頼を作成した。

ついでに「何なら、私が情報集めに今行ってきますよ。その間、受付よろしくお願いしますねー」と、笑顔で言ったのもよかったのだろう。

うちのギルドは、二年前に再スタートしたとき人手不足だった。なので、忙しければギルマスでさえカウンターに立つのが決まりだ。さすがに今はそんなことにはならないけども、サブマスはうんざりした表情を見せた。

冒険者ギルド・アーリズ支部のサブマスは、二十代後半から三十代の見た目だけど、このギルドで一番の年長者《おじいちゃん》で、名前はカラク・カーバント。先ほどは、ギルマスに連れていかれた獣人族を見て笑っていた。私にはわからないけど、彼としては面白かったのだろう。

そんなサブマスは、あいまいな証言で高ランクの依頼を作りたくなかったかもしれないけど、自分がカウンターに入ることを天秤《てんびん》にかけたようだ。

「情報収集込みならいいね。BやAランクの冒険者はいっぱいいるし、誰かがやってくれるだろうさ」

カウンターに出たくないのか、ささっと依頼書に確認サインを書いてくれた。

依頼書を掲示するのに、ギルマスかサブマスの確認サインが必要だからいつもお願いしている。

このギルドでは、依頼受注作業に魔力検知付き魔道具というものを使用している。ギルマスかサブマスの魔力入りサインが確認されないと、ブーブーと警告音が鳴るしくみだ。ちなみに魔力は、特に意識せずともサインを書けば自動的に入る。

やりすぎと思うかもしれない。けれど報酬をちょろまかして、職員自身の懐に入れることを阻止するためには必要だ。逆に、並外れた報酬の依頼を作ることも阻止できる。どちらにしろ不正依頼の作成を防止するために、こういった方法をとっていた。

こうなった原因の一つとして、私がまだ冒険者だったときに見た依頼書があげられるだろう。当時このギルドの受付嬢が、男性冒険者に受注させていた依頼だ。

確か、「ホーンラビット一匹討伐につき、ランクポイント400P」という依頼だったかな。ホーンラビットは、Gランクの子供でも五～六人いれば倒せるくらいの強さ。先ほどのビギヌーの森の依頼を見てわかるように、法外中の法外。よくそんなことを考えつくものだ。

◇　◇　◇　◆　◇　◇　◇

『羊の闘志』リーダーに、受注処理後の登録者カードを渡す。

もうすぐ門が閉まる時間。一日が終わる。ギルド内に残っている人も少ない。

『羊の闘志』の皆さんも、もう今日は帰るだけでまったりしている。

パーティー内でただ一人Bランクのゲイルさんが、「俺もスキルほしい……」とぼやきだした。

他のメンバーがAランクなので焦りもあるのだろう。

しかもスキルは誰でも一個は持っている。

大人であれば三個くらいは所持しているものだし、冒険者ギルドに登録している人はそれ以上持っている。

『スキルは派手なものでないとわからない。確認しようがない』

というのが世間一般の常識になっているから、地味だけど効果が高いスキルを持っている人は、無用な悩みを抱えてしまうのが難点。

自分で自覚するか、素質を判断できて見る目のある仲間に出会うことが必要だ。

さて、そのBランクの彼を『鑑定』すると、『剣術』『体術』『身体強化』『魔力を力へ変換』というスキルがついていた。

確かに目立たないスキルばかりだけど、剣士としては申し分ないし、『体術』もあるから戦い方の幅も広いと思う。

『身体強化』も、体力（HPのような値）と耐久（防御力）が上がるので、近接戦闘が得意ならかなり優良なスキルとなる。ただ感覚としては「体が温まってきた！」とか、「今日は調子いい！」くらいしか思わないかもしれない。

最後の一つは、すごく珍しいスキルだ。

私は、このスキルと彼の能力値を見て、ちょっと検証してみることにした。——勝手にごめんね。

まず私は、「『魔力を力へ変換』するスキルがあるじゃないですか！」——とは言わない。

「最近、技を編み出したとか言ってませんでしたっけ？」

そう聞いてみる。ゲイルさんはパーティー内で一番若く、お話好きで目立ちたがり屋なところがある。確かつい最近、そんな自慢をしていたはずだ。

「うーん。それがさ、強くなるんだけど、すーぐ倒れちゃうんだよなー」

「あれは駄目だ。周りが助けてやれなきゃ死ぬぞ」

パーティーリーダーが鋭い目つきで即行駄目出しした。

おそらく『魔力を力へ変換』スキルを使って、一気に自身の魔力を力に変換してしまうのだろう。そして、魔力切れを起こして気絶。この流れに違いない。

『魔力』とは、MPのように魔法を使う際消費する値。『力』とは攻撃力のこと。

魔力は、消費し続けて0になると、死ぬのではなく気絶するのだ。

「何だか、魔法使いの魔力切れみたいですね。まるで魔力を力に変えちゃっているみたい」

ははは一と軽く、冗談っぽく言ったけど……ちょっと強引だったかな。

「ほう、シャーロットもそう思うかね」

「あ、素人考えですけれど……」

リーダーよりも年上の男性魔法使いさんは、自身もそう思っていたらしい。

「いやいや。わりと当たっているかもしれん。昔そういうスキルが存在するのでは、と言われていたことがあったのじゃ」

「へぇ～」

『羊の闘志』の皆さんと一緒に驚いた。

皆さんは単純にスキルの能力について。私はこのスキルが認識されていることについて。

そんな中『魔力を力へ変換』スキル持ちのゲイルさんは、少し心当たりがあるようだった。

スキルは当人の意思が強く反映されやすい。何かのきっかけで「俺の無駄な魔力が力に変わったらなぁ」と、思ったことがあるのかもしれない。または遺伝によって受け継がれていて、親族の誰かから話を聞いていたか。

なぜなら彼の魔力の数値は、７８６７。対して力は、２３８０１。

私の『鑑定』スキルは、能力を数値で見ることができる。

近接戦闘型にしては、魔力量が多すぎるようだ。多くて三桁、少なくて二桁が普通。おそらく、親類縁者に魔法特化の種族がいて遺伝したのだろう。

ただし魔法使いにはなれない。魔法を使うために必要な項目というのがあるけれど、その数値が致命的に低いからだ。

さて、以上のことから魔力を全部力に回したら、力が三万を超える。

体感的には、その辺のオークを一匹倒すのに三撃かかるのを、一撃で軽々倒す感じかな。三撃するところを一撃で倒せるなら戦闘は楽になる。

（器用に細かく変換できないのだろうなぁ）

魔力を全部変換するか、全部変換しないか、と極端になってしまうに違いない。

「だとしたら、魔力を全部力に変えているってことですよね。危なくないですか？　魔法使いの死因の大半が、魔力切れで動けなくなってやられちゃうんですから……」

男性魔法使いさんも、うんうんと頷《うなず》いている。しかしゲイルさんは違った。

「いーや！　それなら全部じゃなくて九割を、いや半分でもいいから力に回せばいーんだ！」

むちゃくちゃに聞こえるかもしれないが、魔法使いなら自分の魔力残量が感覚でわかるものなので、ゲイルさんも「やればできる」と意気込んだ。

私も数値を確認しなくても「何となく半分消費したかな」とわかる。じゃないと、毎度気絶する羽目になってしまうからね。

「よーしやるぞー！」

やる気になっている彼に仲間たちは、止めるのをあきらめ彼の好きにさせるらしい。言い出したら聞かないことに慣れているようだ。

私としてはまるで実験台にするようで大変心苦しいけれど、うまく誘導できて嬉しい気持ちはある。

ゲイルさん自身が魔力量を感じて、半分だけ力に回す努力をすれば、他の能力値も上がっていくかもしれない。それを確認したい。

私は彼のいろいろな数値を覚えておくことにした。

あ、そうだ。

「それならついでに、魔力回復ポーションでも買っていきます？　かけるだけでも回復しますよ」

ギルドでも販売している魔力回復ポーションを売りつけてみた。


——そしてその日の夜。

彼には大変申し訳ないのだけど、私も『魔力を力へ変換』のスキルを発現させるべく、練習をしてみた。

よく考えてみれば、これは魔法使い用のスキルではないかな、と思ったのだ。

魔法が効かず、物理攻撃しか通用しない魔物と遭遇してしまったら。魔力が力に変われば一気に勝機が見えてくるはず。

私の魔力は一万超えで、近接武器も持っている。目を閉じて集中する。

さぁ、発現するのだ！　私の「魔力」よ「力」になれ！

…………。

これじゃだめかな。んーと、魔力を……、力を…………。

……魔法使うときの量だから……力で…………………。

……で…………。

…………zzzz……。

………zzzzZZZzzzzzz………………。

◇◇◇◇◆◇◇

次の日の昼休み、私は昼ご飯を食べに出た。

作ればいいのだろうけど、この町はご飯がおいしい。私が作るより断然いい！　と自分で納得して大体昼は作らない。買う。

今日はどれにしようかな。

この国はパンもあれば、コメもある。肉はダンジョンが近い場所柄、魔物肉が豊富。

今日はこれにしよう。たまに買う店で目に留まった品に決めた。

パンが上下にあって、中にレタスレタス、オークの肉が挟まっている。

オークの肉はこの国では定番の食材だ。

広場のベンチに座って食べる。

パンはふかふか、レタレタスはパリッ、肉はおいしい。

今日も平和だなぁ。

食べていると、広場の端のほうで『治癒《ちゆ》魔法：銅貨三枚から』と書かれた板を抱えている女性が見えた。

『鑑定』するとGランクの冒険者で、確かに治癒魔法は使えるようだ。

治癒魔法使いは、たまに単独で自身の治癒魔法を売っている。

つまり、他者を回復させて賃金を得ている。

彼女は通りがかる人に声をかけているけど、どうにもいい営業になっていないみたい。

「もしかして、治癒魔法で稼ごうとしていますか？」

近づいて聞いてみた。

「はい！　もしかして……」

「あ、ごめんなさいね。お客さんじゃないです」

明らかにしょんぼりする女性。

でも仕方ない。私疲れてないからね。

「そうじゃなくて。もし営業するなら、うちのギルド内のほうがいいかなって思って。ただし人気の場所だから、数日おきしか営業できないと思うけど」

でも、広場でずっとやるよりはいいと思う。

ギルドのほうが、怪我がつきものの冒険者が集まるから。

その女性を連れてギルドに戻り、ギルド内で治癒魔法使いが普段営業しているロビーの一隅に案内した。

今日の当番でそこにいた男性治癒魔法使いさんが、営業について彼女に説明してくれるようなので、あとは任せることにする。これからは、彼女に割り当てられた日にここで営業することになるだろう。前世でいうところのシフト制といったところだ。

彼女は一通り説明を聞いたあと、私を見つけて駆け寄ってきた。

「あの本日はこれで帰りますけれども、こちらを紹介してくださってありがとうございました！」

彼女は昨日今日と広場にいたものの、全く収益に繋がらないのでほとほと困っていたらしい。今後の見通しが立って、少し安心した顔で帰っていった。


昼休み終了後、カウンター業務にて早速治癒魔法が必要な冒険者がやってきた。

素材を売りに来たパーティーの一人で、彼を『鑑定』スキルで見ると、状態異常の項目に『毒』と記されてあったのだ。

「顔色悪いですけど、大丈夫ですか？　どうも毒にかかったときと症状が似ている気がしますけど。どこかで毒持ちの魔物にでも襲われました？」

この辺に毒持ちの魔物は確かにいるけど、それだろうか。それとも違う魔物がうろうろしているのだろうか。そういうことなら情報をもらいたい。それに、なぜ治療しないのかも気になった。

「やっぱりそう思うよね？　ほら、受付さんもそう言ってるし、意地張ってないで治療院行こうよ」

同じパーティーの一人が、毒にかかっている仲間に治療を勧めた。彼は野営時に軽く襲われたけど、軽傷で済んだらしい。それに姿をはっきり確認できず、すぐ逃げ出す弱い魔物だったので気にしていなかったそうだ。

そんな彼だけど、町が近づくにつれて、だるさが我慢できなくなってきたらしい。

しかし肝心の魔物をよく見ていないので、毒にかかっているかいないのかはっきり断定できず、そのままにしていたとのこと。

普通ならギルドより先に治療院に行くか、とっくに薬を使っているところだ。しかし、本人がお金を渋るし、毒消しや体力回復系の薬も使い切ってしまったのだそう。そして治癒魔法を使える仲間もいないときた。

……よく今まで生きてこれたね。

そう思うものの、若いパーティーには、回復は二の次としているところも多い。討伐数を稼ぐことこそランクアップの近道と思っているようだ。もちろん、個人やパーティーの戦闘方針を否定するつもりはない。

ないけど、ここまでたどり着けなかったら危なかったと思う……。

治療院とは病院のような施設だ。専門施設なので、症状に合った治療がしっかりとできる。しかし、その分治療費が高い。

余裕のない冒険者は、あまりお金を使いたくないだろう。寝れば治ると思っているふしもある。

青い顔をしている彼の体力値の減り方を見れば、強い毒ではないとわかる。微弱な毒だから我慢できたのだろう。

「ここまで歩いてこられたなら、軽い毒かもしれないですよ。そちらにいる治癒魔法使いさんと交渉してみてはどうでしょう」

　私はギルド内に治癒魔法使いが待機していることを説明して、片隅に座っている人物を指し示した。向こうも気づいたのか、にこにこと手を上げて「こっちですよ」と冒険者を呼ぶ。それでも渋々な表情だった彼は……体力が二割を切って力尽き、床に倒れ込んだところを仲間に引きずられていった。

　今日の当番の治癒魔法使いさんなら毒も消せるし、ついでに回復してもらえばいい。

　ギルドにはこのように常に一人、新米や低ランクの治癒魔法使いが常駐している。

　パーティーに加入していない単独冒険者で、かつ依頼をすぐに受けられない治癒魔法使いを応援するためにロビーの隅の場所を貸しているのだ。ギルドで雇っているわけではない。空いている場所で治癒魔法の営業をしてもいいよ、というだけだ。

　何人かいる治癒魔法使いに自分たちで勤務日程を決めてもらい、冒険者との費用交渉は自分たちでやってもらうことになっている。

　もちろん依頼ではないのでギルドのランクポイントは入らないけど、その分ギルド側も場所を提供しているからといって利用料を要求することはない。パーティーに入るまでのつなぎでやる人が多いかな。

　なぜ低ランクだけなのかというと、高ランクや治癒の力量がある人は、すでにパーティーに勧誘されているか治療院で働けるからだ。

　中ランクでも治癒魔法使いはパーティーに勧誘されることが多いし、そうでなければ南東のダンジョンに行って、修行しながら稼ぐほうが割がいい。

低ランクの治癒魔法使いは、なかなかパーティーに誘われないし、ダンジョンに行っても帰ってこられるかあやしいのだ。しかし、魔法は実際に使うことによって技術が向上する。

だからギルドにて修業も兼ねて安く治癒魔法を行い、顔を売っておいて実力を知ってもらった頃にパーティーに加わるという流れが多い。

はじめは、今日みたいに広場で治癒営業している人たちを見て、効率が悪そうと思ったのがきっかけだった。

広場は人が多いけど、治療院が近くにあるから怪我した人は最初からそこへ行く。

わざわざ技術の低い治癒魔法使いに頼まない。

そんな空振り営業している治癒魔法使いに、「ギルドには怪我した冒険者や、全快してから仕事をしたい人が来る。椅子もある」と誘ったのがはじまりだ。

それをきっかけにパーティーに誘われる人が増えたものだから、その噂を聞いて新人治癒魔法使いがさらに集まるようになった。

シフト表はそれからしばらく経って、『人数が多くなって、誰がいつ担当か、わかりづらくて困っている』と治癒魔法使いたちから相談されたので作った。

紙に枠線を書いて表を作り、治癒魔法使いさんが使う席の背後の壁に貼ることにしたのだ。何の月の、何日は、誰担当と枠内に書いてもらっている。

名前の上に×《バツ》と記されているのは、パーティーに勧誘されたり、違う仕事が見つかったりとここにはもう来ない人のことだ。

シフト表も前世の知識といえるかな。

この世界では、一つの場所で大勢の人数が、それぞれ別の日で働く形態というものがほぼない。だからここのギルドにもシフト表はなかった。休日以外は全員出るし、夜はギルドが閉まるのだから。

他の店もそう。働く日は働く。休みは休み。夜は暗いから仕事はできない。

全員同じだからシフト表を作る必要がない。

さて、仲間たちに引きずられて、件《くだん》の治癒魔法使いさんに治してもらっていた彼は今どうなっているかな。

一応気になって、ちゃんと治っているか確認したけど、毒もなくなって体力も八割方回復している最中だった。

間に合わなさそうだったらポーションを頭からかけようかなと思っていたけど、問題なくてよかった。

または私も治癒魔法が使えるので、ぱっとやってあげてもいい。だけど、治癒魔法使いさんには「営業妨害だ」と睨《にら》まれるだろうからやらない……。それに、カウンターに人が並んでいるからね。

その後元気になった彼は、仲間と一緒にその治癒魔法使いさんと話をし、それがまとまるとパーティー加入の用紙を書いて私のところに提出した。

一方、治癒魔法使いさんは壁のシフト表に向き合って、自身の名前に×《バツ》を書く。にこにことして。

その表情のまま、顔見知りに挨拶をしていた。

ギルドで営業をする治癒魔法使いさんたちは、自分で自分の名前に×《バツ》を書くのを楽しみにしているのだ。

新しい門出おめでとう！　体調には気をつけて冒険者生活を送ってね。

◇◇◇◇◇◆◇

「やあ、久しぶり」

「あ。パテシさん！　こっちに戻ってきてたんですね」

エイ・パテシさん。商人ギルド所属で、自分の作ったお菓子を売っているお菓子職人兼商人の方。

この町を中心に活動をしていたけれど、腕試しとしてしばらく他の町を巡ると言って旅に出ていた。

そしてとうとう、この町に凱旋《がいせん》したらしい。

わざわざこちらのギルドにも顔を出してくれたようだ。

パテシさんがこの町から出る際、私は熱烈に応援していたので嬉しかった。

――パテシさんのお菓子、すごく評判がいいですからね。私も好きです。絶対、売れますよ！

また帰ってきますよね。楽しみに待ってます――。

お菓子のどのような点が素晴らしいか、一個ずつ語ったことが思い出される。

あのとき、太鼓判を押して見送ったのだ。

パテシさんの帰りを、本当に首を長くして待っていた。

私がなぜ冒険者でもない人を応援しているか。それは、この方の作るお菓子がとてもおいしいというだけでなく、彩りがとても美しく、この辺では見ない独自性の強いお菓子だからだ。

「帰ってきた記念にまた新作を作ってね。皆さんで食べてみてください」

そう言って新作のお菓子の入った袋を手渡してくれた。この方は、たまに自身の商品を無料で差し入れてくれる。凱旋後初のお菓子は、上に黄色い柑橘《かんきつ》類が載った焼き菓子で、少し触った感触からすると外側はタルト生地のようだった。

隣の同僚と「ありがとうございますー！」と、黄色い声でお礼を言って受け取った。

「ただね、今度採取の依頼しに来るから、そのときに感想を聞かせてほしいんだ」

ちゃっかり味の感想を聞くと宣言しているけど、ただでもらえるんだから当然教えますとも。

ただし、たぶんパテシさんから依頼が来る前に伝えることになる。

「この町を出てからたくさん新作作ったからね。今日は挨拶回りでお休みするけど、明日以降よければまたお店に寄ってください」

「わぁ！　楽しみです。寄らせてもらいます！」

そう。お店に寄って買い物するからそのとき伝えるだろう。

「そういえばパテシさん。帰ってきたならここのギルドにもお菓子置いてみませんか？」

私の一存で置くのは無理でも、ギルマスを説得するし。そう思ったけれど、当の職人さんにその気はないようだ。

「うーん。嬉しいお誘いだけど、保存方法が独自のものだからね」

残念。この方は品質管理や衛生の問題もしっかり考えているから、むやみやたらに置けないみたい。以前の世界と比べて、この世界は衛生について進んでいるとはいえないけれど、それでも考えている人は考えている。

「あとちょっと雰囲気も違うしね。こちらは男性の利用者が多いでしょう」

やはりお菓子のかわいさから、店の客層は女性中心とのこと。

先ほどいただいた新作のお菓子も、かわいいし輝いていてパッと目を引くけど、女性が好きそうな見た目だった。

「もったいないなぁ。男の人でもこういうお菓子好きな人いっぱいいると思うのに」

「女性と一緒だと買う人もいるね。でも城外で人目が少なくなってから食べているみたいだよ」

魔物と日々熾烈《しれつ》な争いしている男性陣は、人の目が気になるのか……。

「でもそうか。——君は、たまにいいアイデアをくれるね」

「男性集客も考えているんですか」

「商人は常に儲《もう》けることを考えるものだよ」

そう言ってパテシさんは、楽しそうな顔で帰っていった。明日からお店に行くの楽しみだなぁ。

私もどうやったらパテシさんのお店に男性客が増えるのか考えてみよう。

私はもらったお菓子をまず一階の職員に配り、二階のギルマスとサブマスの部屋に持っていった。

ギルマスとサブマスの机は同じ部屋の中にある。サブマスはたまに一階にいるけど、今は二人とも二階にいた。

「こちらどうぞー。何とエイ・パテシさんが帰ってきました！」

もらったお菓子を二人に渡す。

「その人って、……ああ、この菓子ね」

お菓子を見て合点がいったようだ。

そうです。その人ですよ、サブマス。

「お、帰ってきたか。またシャーロットの菓子祭りが始まるな」

ギルマスの言う菓子祭りというのは、お昼ご飯にお菓子だけ食べるという私の食事風景のこと。しかもそれを何日も続けるのだ。

パテシさんのお店には、豊富な種類のお菓子が取り揃えてあるから端から端まで食べるのにそれくらいかかる。

きっと明日からその様子をお見せすることになるだろう。

ギルマスはお家にいる奥様か娘さん（または二人で分け合って食べるのかも）用に持って帰るらしい。いそいそとしまっていた。

それに対して、サブマスは早速食べていた。

「サブマスはかわいいお菓子でも気にしないで食べるほうですよね」

私はさっきパテシさんと話した、男性がかわいい見た目のお菓子を好まないらしいことを思い出してサブマスに尋ねた。

「ふうん、気にしないけどね。若い子は気にするのかい」

エルフの老人《おじいちゃん》のサブマスは他人の目など、どこ吹く風らしい。

「俺が今食べないのは、家に持って帰らないと、バレたときに怒られるからだ」

ギルマスはかわいかろうが、かっこよかろうが関係ないとのこと。

何たって新作。先に食べたのが奥様に知られたら、大変なのは目に見えている。

そんな二人に、男性がどうやったら堂々と食べられるか、一案を言ってみた。

「甘いものが好きでも、見た目がかわいいから買えないというなら……。紙で包み隠してみるのは

どうでしょう」

「紙……？」

例えば……と、依頼書に使う紙を用意する。

半分になるように真ん中で折る。

折り目を下にして、紙の間にお菓子を入れて食べる。

これで正面からは何を食べているのか見えないし、自分はおいしく食べられる。

「…………菓子は大抵油使っとるだろ。持ったらしみてくんぞ」

じゃあ、油がしみない加工を紙にするとか。

「そもそも、経費の無駄遣いだよ」

経費ときたか。この世界って、紙でいちいち包む文化はないからなぁ。

前世だと、物によってはあった。別に隠れて食べる用ではなくて、持ち運びやすいとか手が汚れないとかの理由で。特に肉や野菜をパンで挟んだ食べ物を、油をはじく加工をした紙で包んで食べていたような……。中の具材やソースが飛び出ても、紙の中だから落ちないし、服も汚れにくかった。

いけると思ったんだけど、この世界は魔法や魔石があるから、汚れても水魔法とか水の魔石が嵌《は》まった魔道具で水を出して、その場で洗えばいいからなぁ。

次の日の昼。結局妙案が思い浮かばなかった私は、お昼ご飯を買うためにパテシさんのお店に向かった。

何と、そこにはちらほらと男性客の姿がある。

どういうことかと思ってパテシさんに聞いてみた。

「それはね、新商品のこちら。黒いお菓子さ」

見た目すっきりとした形で、全体的に黒かった。

「ご試食どうぞ」

試食用に包丁で切ってくれた一口分を食べてみた。前世で食べた、甘さ控えめのチョコ菓子に近い味がした。

甘いだけでなく苦味も効いている。

残りの試食用は、周りのお客さんによりあっという間になくなった。

「旅の途中で少し買い付けた食材があったんだけどね。どう利用するか考えていたんだ。昨日の話でアイデアが浮かんでね。早速作ってみたらいい反応だったよ」

ありがとう！　とさわやかな笑顔で言われた。

こちらは小物使いで何とかしようとしていたけど、さすが本職の菓子職人。お菓子そのもので勝負してきた。

何だか……自分の発想がしょぼくて恥ずかしかった。

「実力でのし上がった人は違うね。シャルちゃんも、小手先の発想がクセにならないようにしないと。若いんだから」

ギルドに戻ってその話をすると、サブマスからなぜか小言をもらうことになった。

「隠すという発想自体が本末転倒だよな」

ギルマスは私がお昼用に買ったお菓子の数々を見ながら言う。

「あの店が繁盛し始めたのは、シャーロットがそこの菓子を毎日食べていたからだぞ」

「誰かが食べていると、自分も食べたくなるのが人ってものだからね。程度というものもあるけど」

今日のお昼ご飯は、パテシさんのところで買ったお菓子。

赤い実のソースがかかったケーキ、新作の黄色いキラキラしたタルト、さっき試食したチョコレート風味の焼き菓子、そして今食べている緑の粉がかかったふわふわケーキだ。

全部、今食べるのか――そう確認されたので「そうです」と答えた。

◇◇◇◇◇◆

日が傾いてきて、ギルドもそろそろ終業の時分。

ビギヌーの森の依頼から帰ってきた『羊の闘志』の皆さんは、何とマンティコアを討伐してきてくれた。

マンティコアは、体が赤茶けてライオンのような姿。尾に毒針を持ったAランクの魔物だ。

「無事に帰ってきてくださってよかったです」

しかも、こんなに早く片付けてくれるなんて。

討伐対象がマンティコアだったなら、やはりBランク依頼で出さなくてよかった。彼らより下のランクのパーティーだったら、無事に討伐できたか怪しい。

これで明日からまた低ランクの人たちが、超初級ダンジョンに行けるだろう。

この町には孤児院もあり、今回通報してくれたのはそこの子供たちだった。彼らはしばしば森で魔物を狩って、ギルドに売ることで生活している。死活問題だからほっとしているはずだ。

「普通のマンティコアだったから特に問題なかったぞ」

リーダーがそう言った途端。

「俺が、スキルで倒したんだぜー！」

ゲイルさんが自慢げに言った。

マンティコアはまだ上位種がいるけど、普通のマンティコアでも十分強い。場所だって視界が悪い森だ。

謙遜《けんそん》しているけど、『羊の闘志』の皆さんだったから無傷で倒せたのだろう。『鑑定』スキルで目立った怪我がないことも確認できた。

ゲイルさんは、『魔力を力に変換』スキルをよく意識して使っているようだった。魔力が半分くらい残っている。

集中値（威力の調整・命中率向上）も前回より上がっている。

（よかったよかった。やっぱり意識をすると、おのずと必要な能力値は上がるんだ）

受付カウンターにて完了した際の書類を書く。リーダーの登録者カードと一緒に、魔道具へ置くとカードが輝いた。

依頼完了時も受注時と同じく、リーダーのカード一枚で事足りる。

完了処理が終わり、依頼に記載されていた報酬を渡した。

これで、パーティー全員にランクポイントが入った。報酬の金貨は、リーダーがメンバーと分ける。

マンティコアは、すでにギルドの解体担当が解体中で、その分の報酬は明日になるそうだ。

「お前《め》ぇのために、五本も魔力回復ポーション使っちまったんだからな。報酬から差っ引かせてもらうぞ」

報酬を受け取ったリーダーは、先ほど戦果を自慢したゲイルさんをたしなめ睨みつける。

「えー！　そんなぁー……！」

リーダーがポーションの値段を告げて、容赦《ようしゃ》なく報酬から引いていた。

やっぱり『魔力を力に変換』は、慣れるのに時間がかかったようだ。

仲間たちは報酬が引かれたのを、面白おかしくからかっている。

私がやや強引な方法でゲイルさんにスキルを教えたのは、彼がパーティー内で皆にかわいがられているからだ。

無理をしそうになったら、きっと止めてくれる。そう思った。

なぜなら、パーティーの主目的が、堅実にこの町を守ることだから。

ガンガン魔物を倒して名を上げるぞ、という趣旨のパーティーではない。そもそも名前なら昔から売れている。

現在は、若手の育成がパーティーにとって重要なことだ、と考えているふしがある。そんな安定感のあるパーティーだから、私も安心して彼にスキルを自覚させた。

「いやー。マンティコアは久々に見たな」

なかなかお目にかかれない魔物だから、ギルマスも一階で見物していた。

「そういえば、この町に来る前から聞いてたんですよ。『羊の闘志』さんは、なめた真似《まね》するとひどい返り討ちに遭うって。それを聞いて、近づきがたい人たちだと思ってたんですよねー」

完了後の報酬を渡しても、事務側ではまだ細々《こまごま》とやることがある。手を動かしながら話した。

「でも、皆さん気持ちのいい方たちですよね。やっぱり噂は当てにならないです」

他国にも知られている有名なパーティーが、身勝手な態度や、振る舞いをすればすぐ知れ渡るだろう。日頃から気をつけているだろうし。ああいった噂は、お馬鹿な輩が突っかかった結果なのかな。

「ん？　あ〜。……シャーロット、あのポーション泥棒、捕まったとき見てなかったのか」

ポーション泥棒とは、ギルドにある備蓄のポーションを持って、町から逃げたギルド職員のこと。

二年前に、当時のアーリズ支部のギルドマスターが不祥事《ふしょうじ》で捕まった。そのとき、査定《さてい》を担当していたギルド職員が、生活の足しにと、ポーションや備品などを盗んで逃げたのだ。

その職員には『査定』系のスキルがなかった。

つまり、査定の勉強をしていない素人。そういう職員を雇っていたのだ。

当時のこのギルドが廃《すた》れていたのも頷ける。

「捕まったときですか。そのとき足りなくなったポーションの買い出しに行ってましたね」

町をよく知らなかったから、『探索』スキル（精神値が高いのでもちろん持っている。広範囲の探し物に便利なスキルだ）を活用して一軒一軒回ったような覚えがある。

体力回復ポーション、魔力回復ポーション、状態異常回復系の薬も盗《と》られたんだよね。

犯人が捕まって、それらが戻ってきたときは嬉しかったな。

「確か、それこそ『羊の闘志』さんが、この町に帰ってきたときにたまたま遭遇《そうぐう》して、取り返してくれたような……」

「たまたまじゃなくて、わざわざ捜してくれてたんだ。『ギルドの一員のクセに恥をさらすな』って言ってな。捕まった知らせを聞いてよ、俺が行ったときボロ雑巾になっとった」

冒険者ギルドは、なめられてはならない。

ポーションを盗むようなギルド職員は、ギルドの登録者が直々に成敗するということなのか。なるほどなぁ。

…………あれ私。今回、仲間の一人を使って、勝手に検証しようとしていたよね。それ知られたら、私……次、危ないんじゃない？

楽しそうに、ゲイルさんをいじっている『羊の闘志』さんたち。その光景を尻目に、「仲間を実験に使いやがって。なめてんじゃねぇぞ！」と、いつ言われるかドキドキした。

しかし、ドキドキはすぐ収まる。それにあまり危険を感じているわけでもなかった。

（怒られたらとりあえず謝ろう。あ、ポーション代。私が払えばどうにかならないかな）

カウンターを片付けつつ、無駄に対応策を考えていたからだ。

第二章　同僚

私が担当しているカウンターは、依頼業務、パーティー登録業務、小物の査定業務を行っている。

依頼の業務とは主に、受注・発注・完了の作業のこと。パーティー関係は、加入・脱退について。

小物の査定とは、薬草や魔石など、あまり高額にならない査定のこと。

両隣にも職員がいる。

「こちらへいらしてくださいませ」

私の左隣にいるのが最近採用された、メロディー・ネプトさん。

移住して、旦那さんとこの町に住んでいる。

鱗人族と人族のハーフで髪はライトパープル。肌は青白いけれど健康的で、唇は青め、いつもつけているお気に入りの口紅は青系。グラマラスな、おっとり涼しげな美人さんだ。

私と同じ業務を担当し、主に私が仕事を教えている。

「次」

右側にいるのがフェリオ・ピクスさん。

こちらは査定専門のカウンター。

フェリオさんは低額から高額まで何でもござれの査定担当。魔石、薬草、魔物の素材、魔道具、宝石など、どれもきっちり査定する。

相手が子供だからといって安く買い叩かないし、貴族だからといって高く売りつけるような真似もしない。そんなことはびた一銅貨許さない。適正な金額を提示するのが当たり前だ、という頑固な気質。

青みがかった黒髪、空色の目、背中に薄いガラス細工のような羽を持つ妖精族。羽は美しく輝いて素敵だ。妖精といっても手のひらサイズではない。私より頭一つ分くらい低い身長で、少年の容姿。それでいて年齢は、サブマスよりは若いけど十分年長者だ。

さて、左隣では何かを捜しているようだ。

「あ、シャーロットさん。地図ってどちらに置いてましたか」

メロディーさんは私より年上だけど、誰に対しても敬語でおっとりしゃべる。

「一歩左に行った正面の……そう、その下ですよー」

途中、棚に『地図』と貼ってあるのに気づいて「ありましたわ」と、喜んでいる。しかしまだ喜ぶのは早い。地図はいろいろな種類があるのだ。

「さらに地区ごと、ダンジョンごとになってますからね」

説明をしつつ、私は私で『速記』スキルを使って受注処理後、次に並んでいる人を呼んだ。

今は混雑しているので買取は利用者から見て左、フェリオさんのカウンターへ並んでもらっている。他の受注や発注などの用件は、私たち女性二人が担当していた。

列は受付カウンターごとに並ばず、一列に並んでもらう。そして先頭から順に私かメロディーさん、空いたほうのカウンターに来てもらう方法を取っていた。

カウンターごとに並ぶと、列に偏りができそうだからだ。

それに、自分が利用者として考えた場合どうか。もし前の人がやけに時間がかかる用件で、隣のカウンターはどんどん用件が済んでいく様子を見たら、苛々《いらいら》するだろう。だから待機列は一列で、空いたカウンターから順に入ってもらっている。

「依頼受けたいのと……、これぐらいならあなたが買取できない？」

女性の冒険者はそう言って、依頼書と一緒に薬草数枚を差し出した。依頼の受注作業のあとでまた隣の列に並ぶのが面倒なのだろう。それに今はフェリオさんの列のほうが長いし、いつもはこのカウンターでも簡単な査定はやっているので、こちらで受けることにする。

「大丈夫です。カードもお預かりしますね」

受注と薬草買取用の処理を開始した。その際、『鑑定』スキルを使用する。

「テテトー草：状態良好。銀貨六枚」

結果はすぐに見えた。どれもきれいに採取されている。

薬草採取もランクポイントがつくので、カードにポイントを入れ銀貨を渡す。

買い取った薬草は、カウンターに置きっ放しにはしない。カウンター足元の薬草用保管庫に、規則どおり包んで買取時に書いた書類と一緒にしまう。これは、収納魔法を遮断する効果がついた保管庫だ。

万一、泥棒などに襲われ、保管庫内の品を収納魔法によって盗まれそうになっても防止できるようになっている。収納魔法は対象から少々離れた位置でも使える人がいるので、その対策だった。ただし、きっちりと閉まっていなければならない。

人にも気分によっても名称が変わる魔道具で、「保管箱」「薬草の、魔石の」「金庫」「箱」「それ」などと呼ばれる。

右隣のフェリオさんも今、大きめの魔石を査定し終えて、魔石用の保管箱に入れていた。

フェリオさんは、私がここで働くずっと前からこのギルドで査定担当だったらしい。

しかし、前ギルドマスター不祥事事件のときにはすでにこのギルドを去っていた。前ギルドマスターやその仲間たちと、意見が食い違ったからだそうだ。――うん、想像つくなぁ。

フェリオさんは、きちっとした査定に基づいて買取する。対して、以前ここにいた人たちは、いかに安く買い叩こうかという姿勢だった。当然意見が合うはずない。

たぶん、前ギルドマスター派の人たちに、嫌気がさして辞めたのだろう。

そんな彼にギルドへ戻ってもらうため、二年前の再スタートのとき、ギルマスと私で彼のところに赴《おもむ》いた。「戻ってきてください」とお願いしに行ったのだ。

戻ってきてもらったあとは、査定を彼に教えてもらった。それによって『鑑定』スキルに、まだ伸び代《しろ》があることに気づかされた。

先ほどのテテトー草も、二年以上前なら「テテトー草：銀貨四～八枚」くらいの表記だったはずだ。

それがフェリオさんに鍛えられ、だいぶ表記が細かく鮮明になってきた。ありがたい。

「あ、あと。水の魔石置いてない？　この魔道具用の」

野宿のときの水の確保は、優秀な水魔法使いに頼るか、飲み水を出す魔道具を使うことが多い。

魔道具の場合は、水の魔石交換が必要になる。

「ありますよ。お待ちください」

場所はフェリオさんの後ろの棚だ。

フェリオさんは現在も表情を変えずに買取希望者の列をさばいている。

「後ろ通りますー」

彼のきれいな羽の後ろを通る。

妖精族の羽はとってもきれいだけど、「わぁ〜。きれい〜！　でへへへ〜」とべたべた触ってはいけない。そんなことをしたら、移民試験の再試ものだ。狭い通路で彼の後ろを通るときは、この一言を忘れないようにしている。

そうこうしているうちに、買取カウンターに並んでいる人がいなくなった。

「ギルマスに呼ばれていたから上に行く。高額買取、来たら教えて」

「はーい」

必要以外のことは基本しゃべらない彼は、淡々と説明し、私とメロディーさん二人で返事をする。

「借りてたペン。こっちのカウンターにまだ置いとくから」

「はい。大丈夫ですよー」

今日午前中に、使っていたペンのインクが切れたというので、私のを一本貸していた。

買い換えるか、そのペン専用の芯を特注しないといけないみたい。芯を交換するにしても、そのペンを買った店に行かないといけない。

前世のようにある程度同じ規格で大量生産されていたならば、芯やカートリッジも市販品で済むだろう。だけど、この世界はそういった大量生産をしていない。

フェリオさんが二階に行ったあとも、ぽつぽつと利用者がやってきてメロディーさんと一緒に対応した。そしてカウンターがだいぶ空いてきた頃合いで女性一人、男性二人の三人組がやってきた。

「冒険者じゃなくても買取してくれるんでしょ？」

「ええ、……はい。どのようなものですか」

三人に『鑑定』を使い、職業・称号・スキル欄を見た。三人の雰囲気から、ある程度どんな用件かは予想していたけど、やはり想像どおりのものだった。

◆◇◇◇

ジャラジャラッジャラ。

買取してほしいとカウンターに来た、男女の三人組。持ち込まれた物は宝石だった。それをぞんざいにカウンターに置く。

「最近親戚が亡くなってね。遺品の整理をしていたのよ」

三人とも身なりをよくして、いかにもな理由を言い、軽やかな笑顔を作っている……けど。

「すみません。ただいま査定担当は席をはずしてまして。呼んできますのでお待ちください」

「いえいえ、いいのよ。お嬢ちゃんが査定してくださって。見たところあなたもできるのでしょ」

どう見たらそうなるんだか。

確かに『鑑定』スキルのある私は宝石を査定できる。フェリオさん、ギルマス、サブマスも私の査定能力がまぁまぁいいことは認めてくれている。でも私が高額の査定をすることに許可は出ていない。

当たり前だ。入って二年目の若すぎる人族に、宝石などの高額査定をしてもらいたいと誰が思う

だろうか。私が客で、十代の女子が査定しますと言われたらお断りする。

「そういえば、商人ギルドさんのほうには行ってみました？　私のような新人より、しっかりと査定してくれますよ」

「それがねぇ、買い叩かれそうになったからこちらに来たのよ」

——ふぅん。おかしいと思う。

商人ギルドさんも、多少相手を見て査定額を考えることもあるだろう。けど、こんな小物三人組にわかるようなあからさまなことはしない。もっと巧妙にやって、物をちゃっかり買い取る。それをしないというのは、関わりたくないということ。または商人ギルドへ寄らず直接こちらへ来て、押せば言うことを聞きそうな私に目をつけたのか。

実は、三人組が目の前に来たときには、『鑑定』でざっくり見ていた。特に悪そうな顔もしておらず身なりもいいけど全員人族。どこの国出身か気になって、さらに詳しく見ていたのだ。

この国は多種族国家。

先ほどカウンターに並んでいた私たち三人だって、妖精、人、鱗人族と三者三様。この国の三人組は兄弟姉妹《きょうだい》でもない限り、一人は人種が違うものなのだ。

先ほどの「親戚の〜」のくだりが始まる前に『鑑定』済み。

案の定、彼女ら三人とも他国出身の「職業：宝石泥棒」。

女性にいたっては、「称号：宝石盗賊団団長・宝石の女王」。……ちょっと恥ずかしい称号だね。

実は『鑑定』スキルの職業・称号欄は、能力の数値よりもはっきりと素性を表してくれる。

なぜなら、ある程度の期間同じ仕事をしていれば、それは職業としてばっちり表示されるからだ。

私は子供の頃と冒険者時代は、常に『鑑定』スキルを使うようにしていた。

そして、「詐欺《さぎ》師」「悪徳商人」「誘拐犯」の類には近づかなかった。「幼女大好き」などの称号持ちにも、私の姿が視界に入らないようにしたし、場合によっては余罪と一緒に通報した。

さて、今回の三人組盗賊団。

私はこのまま二階へ、フェリオさんとギルマスを呼びに行こうかなと思った。でも同時に『探索』スキルを使ってみたら、ギルドの外にこちらへ向かってくる人たちが確認できたので、私が時間を稼ごうと思い、彼女に行ってもらうことにした。

「あ、ちょうど備品切らしちゃったから、このメモ見て二階から取ってきてくれますか？」

メロディーさんに二つ折りのメモを渡す。

彼女はそれを受け取って二階へ。

階段を上がることによって視界から消えたけど、『探索』スキルで動きを確認できる。途中でメモを見たのか立ち止まり、その後慌てて駆け上がる動きをする。

「でね。このルビーを白金貨五十枚。こっちのブローチは白金貨二十枚でお願いできないかしら」

女性は先ほどのメモのやり取りなど気にせず、にじりよってくる。

（どれどれ、ふむふむ。どこのお屋敷から盗ってきたんだか。足がつかないようにこの国まで来たんだろうけど……）

私は一つずつ宝石を手に取って、じっくりと、丁寧に、念入りに、確認する動作をした。

「〜〜〜っ、ねぇ！　ちょっと。早くしなさいよ。私の言った値段でいいでしょ！」

早くも痺《しび》れを切らしてきたらしく、女性は声を荒らげた。長くとどまりたくないのだろうけど、

『探索』で見るギルドの外の様子からすると、もう少し時間を稼がなくてはなさそうだ。

（どう時間を作ったものかな……）

そこで自分のスキルの中の少し鍛えたかったスキルを思い出して、意識して使うことにする。

「…………え、ぇえ。そ、そんなこと言われましてもぉ……！　私ぃ…………す、すみませんが、

……もう少し見せてくださいぃ」

眉をぎゅっと寄せ眉尻を下げることを意識し、肩を震わせ、怯《おび》えた顔をしてみせた。

その様子を見た泥棒三人は、もっと押して早く金額を出させようとする。

――うんうん。か弱い女の子の演技ができているんじゃないかな。この『演技』スキル。あまり
使ってなかったけど上々だね。

「いつまで、もたもたしてんのよ。お客を待たせるんじゃないわ！　さっき言った金額で妥当で
しょ！　早く出しなさいよ！」

「は！　はぃ……。で、でもぉ、このネックレスが、そ、その……そんな価格だと思えなくてぇ
………ひぐっ」

「いつまでもちんたらしてると、隣の怖いおじちゃんが黙ってないわよ!?」

男二人のうち、体が大きめのほうがぬぅんと顔を寄せてきた。

「きゃあぁぁ！　は、はいぃぃ！　ごめんなさぁぁい……！」

棒読みにならないよう気をつけつつ、もちろん銅貨一枚さえ出さない。

（うん！　『演技』スキル、調子がいいんじゃない？　さあ、もうすぐ出入り口に来る。もう少し
時間を稼ぐ『演技』を続けてみよう）

とノリノリだったところに――。

「シャーロット……」

「え……」

階段側から、ため息交じりに私の名前を呼ぶ声が聞こえた。

『怪しい三人組が私に宝石を売りつけようとしています。確認願います』

三人の『鑑定』をした直後に『速記』スキルで書いたメモ。

それをメロディーさんからもらって、急いで下りてきたギルマスとフェリオさん。サブマスも二階にいたようで一緒に下りてきていた。

私は出入り口のほうに集中しすぎて、階段のほうを失念していた。

私を見た反応は三者三様だった。

フェリオさんが私を静かに、残念そうに見つめ。

サブマスはどこが面白いのか、肩を震わせながら口を押さえ。

ギルマスは、なぜそんな行動に出ているのか心底わからないという顔で見ていた。

◇◆◇◇

「シャーロットさん。大丈夫ですか？」

メロディーさんだけだ。本気で心配してくれるのは。……罪悪感はあるけど。

私の『演技』スキルは、付き合いの浅い人にしか今のところ通じないのかもしれない。

――――バタバタバタバタ。

ガシャガシャガシャガシャ。

複数の足音、鎧《よろい》の鳴る音が聞こえてくる。

「衛兵さん！　こっち。いたいた。やっぱり冒険者ギルドさんにいたよ！」

やっとお出ましになった通報者さんと衛兵さんたち。

私は『探索』スキルで、彼らが来るのがわかっていた。だから『演技』スキルの特訓をしながら、時間を稼いで待っていたのだ。

「チッ。おい、嬢ちゃんすぐ返せ」

「え～～っとぉ。ちょっと、待ってくださいね～。そーんなにあせらなくても、いいじゃないですか～」

さっきの悲痛が交じる表情と、慌てふためいた『演技』を捨て、ゆったりとしゃべる。なぜなら彼らはもう逃げられないのだから。

「……！　宝石はっ、返してもらうよっ！」

女盗賊は目の前のカウンターに手をかざす……。

――――何も起こらない。傍目《はため》から見たら恥ずかしいポーズだ。

「は!?　収納できない……!!」

彼女を『鑑定』で見たとき、職業「盗賊」に加えて魔法欄に『収納魔法』を見つけた。なので、彼女たちが売ろうとしていた宝石をこっそり障壁で囲っておいたのだ。

収納魔法でも攻撃魔法でも、そう簡単に私の障壁は通せないし壊せない。

カウンターの内側は、利用者から見たときに死角がある。そこへ大体の宝石を置いて障壁で囲み、一つずつそこから取り出して査定するふりをしていたのだ。

「あー！　受付さん。その人たちね、隣の国から来た盗賊みたいなんだ」

通報者は、記憶が正しければ商人ギルドの宝石査定をやっている人だ。

まさか本当に商人ギルドにも足を運んでいたのか、この三人組。足がつきやすいのに……。慢心《まんしん》していたのだろうか。

「そうだったんですか？　何だか言動がおかしいなぁと思ってたんです」

私は定番のすっとぼけをする。

「ちょっと!!　この壁、何なのよ！」

「出せ！　コラっっ!!」

「なめてンじゃねェぞ、ごらあぁ!!」

バンバン！　ゴンゴン！　ゲンゲン！

思い思いに叫んでいてやかましい。

彼女が慌てて収納魔法を使ったとき、宝石の障壁はそのままに、三人を囲う障壁を張ったのだ。

透明の壁ではわかりにくいので、うっすら黄色の障壁にしてある。

盗賊三名の前方、後方、左右、頭上と、全五面で囲んだ。

盗賊は、謎の壁に閉じ込められたことがわかっただろう。衛兵さんたちをはじめ、周りの人たちにも、盗賊たちが障壁魔法で閉じ込められたことが認識された。

「これ、南隣の。伯爵家の紋章……に近い」

フェリオさんが自前の小型ルーペを使って、細かく観察しつぶやいている。

さすがですね。

私の『鑑定』では、『オニキスの指輪：盗品』としか表示されてない。

どうも指輪の裏に薄い紋章痕が残っているらしい。

よくわかりますね、と言ったら「今度、貴族名鑑持ってくる」と言われた。

はい。次のステップなんですね……。

「いやぁ、何だか関わりたくなかったから追い出したんだけど、ちょうどそのあと、盗賊の人相書きと盗品表が回ってきてね」

買い叩くという追い出し技を使った彼は、それを見てすぐ届け出て、衛兵さんたちと一緒に捜していたらしい。

この町の宝石店にも確認したけど、予約がないから門前払いしたとのこと。さすが高級店。

宝石店にいないならばここだろうと、冒険者ギルドに来たそうだ。

「壁娘。お手柄だな。宝石はこれで全部か」

——その呼び方はやめてください。定着すると私の「称号」欄に入ってしまいます。

私の障壁を知っている衛兵さんが、わめきちらしている盗賊たちに目もくれないで、宝石の確認をする。肯定しつつ、書類の下に入ってないか再度調べ、『探索』でも確認する。

(宝石類は小さいから紛れがちだけど大丈夫)

「では、すまんが規則だからな。確認させてもらうぞ」

衛兵の一人が、台のようなものを取り出した。表面は大人の手のひら二つ分くらいある広さだ。

嘘発見器のような魔道具で、私が嘘をついてないか一応確認するらしい。

「大丈夫なのはわかっているが、一応規則だからな」

念を押して、私の手を台に乗せるよう言う。

私もあらぬ疑いは先に晴らしておいたほうがいいと思うので、笑顔で「どうぞ、どうぞ」と了承する。

この嘘発見器は、手を載せた人自身の魔力で発動するらしい。

「君の身は潔白だな」

「はい」

しーん。

嘘だとぶーっと鳴るとのことだ。

「こいつらがギルドに持ってきたのはこれだけだな」

「そうです」

しーん。

「そちらからは何も売ってはいないな」

「何も売ってないです」

しーん。

これは普通に物を売っていないかの確認よりも、三人に有益なことはしていないかの確認。もちろん取引めいたことはしていない。

「よし、ご協力感謝する。それでは、こちらのギルドでは被害はなかったのだな」

「はい、盗られたものはなかったですよ」

ぶ――っ！

皆ハッとして、一斉に私を見る。

「……いや、ないよ」

魔道具に向かって話す私。

ぶ――っ！

（はて？）

「ゴホン！　君はこいつらを庇《かば》い立てするつもりなのかね」

衛兵さんは一つ咳払いをして問いただす。

「いえいえ。全くそのつもりはないですよ」

この人たちは、隣の国の初対面の泥棒ですよ。さっきは『演技』スキルを使って遊んだ……時間を稼いだけど、庇う義理はどこにもない。

シーン。

今度は鳴らなかった。

「なるほど。ではこいつらの手癖が悪いということだな」

この嘘発見器は、対象者の手の魔力から感知するのと、その人の周辺にある大気中から事実を探し出し嘘を教えてくれるらしい。その大気は直近であればあるほど鮮明に感じ取るそうだ。――魔道具に詳しくないのでこの説明が合っているのか自信がないけど。

つまり、私が気づかない間に何か盗られたということ。

はて、何を盗られたんだろう。

このカウンターには泥棒たちが置いた宝石以外、金目の物はなかったはず。

しかも、そんな短時間で盗まれたのに気づかなかった。

私の『探索』では、相手の収納魔法の中まで反応しないから何が盗まれたのかわからない。

『鑑定』と『探索』スキルにはそこそこ自信があったのに。こういう案件には弱いんだなぁ。

——そうだ！

皆、さっきの恥ずかしい『演技』を忘れてくれないかな。このわたわたで。

◇　◇　◆　◇

宝石泥棒にギルドにあった何かを盗られてしまった。

「何を盗まれたのでしょう……。私、何か置き忘れたかしら」

盗られたという事実を受けて、置きっ放しにしていた物がないか考えているメロディーさん。

「カウンターには買い取った物は置いてないな」

「はい。規則どおりにしまってます」

フェリオさんに聞かれ、カウンター周辺を確認しつつ答える私。

カウンター下と後ろにも収納魔法遮断効果のある保管庫があって、その中に買取品を一時置いている。カウンターやその脇などに放置したままにはしない。

カウンターの上は、紙や筆記用具くらいしか置いていなかった。紙とは、これから掲示しようと思っていた依頼書や、依頼や完了したときに書いてもらう紙の束のことだ。

「おらぁ！　何盗んだ！　吐け！」

冒険者もこのくらい荒っぽい人が多いが、この町の衛兵さんも大概だ。

私の障壁をガンと殴る。

今は両面ともはじく構造にしてあった。

「ふっ。ふふ～んだ！　うちらも攻撃できないけど、あんたらもできないようだね！」

攻撃されないとわかって、調子に乗っている女盗賊。口調もさっきの女性らしさが抜けて、はすっぱな物言いになっている。

「あ、いつものにしますね」

それを見て、私は障壁を黄色から青色に変える。

内側から外側への遮断効果があるけど、外側から内側への干渉はできるタイプだ。

この構造の壁は、低級魔物のスタンピードが起きたとき毎回使用している。衛兵さんたちにもお馴染《なじ》みだ。

「はい。これでいいですよ」

構造を変えたことを色で示し、外側からの干渉を可能にしたことを伝えた。

言った瞬間、衛兵の拳が男性盗賊その一を完全に捉《とら》えた。

拳を食らった途端慌てる盗賊たち。

盗賊たちは逃げられないけれど、衛兵は出した拳を障壁の外へ引っ込める。相手は反撃のしようがないので、安全に殴ることが可能になった。

前世ではこんなあからさまに暴力的な供述を取らないけど、この世界では犯罪者にそこまでの人権はない。卑怯《ひきょう》という言葉も誰も言わない。

我々ギルド職員も衛兵が自白させるのを待つだけでなく、何が盗まれたか捜すことに集中した。

「金庫にしまうのはいいとしても、ちゃんと蓋《ふた》を閉めていたのかい」

素材保管庫を、全部まとめて「金庫」呼びするサブマス。今日買取した分の書類と、素材を突き合せて数を確認している。いつもなら野次馬根性を発揮するサブマスが珍しい。……あ、会計担当だからか。

「しっかりと閉めていたはずですわ……」

「他の物もちゃんと入ってますよ。空いていたら全部抜かれるはずだから、大丈夫かなぁと……」

保管庫を一個一個開けたら、中身はそのまま入っていた。最近入れた記憶のある薬草も入っている。

（あ、箱の後ろ、ゴミがたまっているなぁ。時間あるときに掃除しよう）

余計なことを考えているのは秘密だ。

カウンター上を見ていたメロディーさんはふと前方を見て、列をなす冒険者たちに気づいた。

「申し訳ありません。お待ちいただいてよろしいでしょうか」

大半からは許可が下りたけど（用事よりこの捕り物の見物がしたいらしい）、一組だけ「俺ら、もうここを出る予定なんだが、何とかならんか」とのこと。

「そっちのカウンターだけやってても大丈夫ですよ」

メロディーさん側のカウンターのみ、業務を再開させる。先に並んでいた人たちも、急いでいるそのパーティーに先を譲った。

その人たちの用件が終わって、書類に必要事項を記入していたメロディーさんが、突然「あっ！」と声を上げた。

「シャーロットさん！　わかりましたわ！　ペンですわペン。フェリオさんにお貸ししていたペンですわ」

え。

確かにあれはなかなか精巧な作りで、キラキラとしているかわいいペンだけど。

「まさかー。あのペン、銀貨二〜三枚くらいですよ」

相手は宝石泥棒ですよ、メロディーさん。

久々に見たクリムゾンサーペントの皮でもなく、ダンジョンでドロップしたというエメラルドリングでもなく、私のペンであると？

「はあああ!?」

障壁内にいる、やけにぼろっちくなった女盗賊が叫ぶ。

「ふざけんじゃないわよ！　銀貨二枚なわけないでしょ！」

「全面に宝石がついてただろが！」

「白金貨十五枚はくだらないペンだろうが！」

三人とも障壁をガンガン叩いてわめいた。

この時点でもうペンを盗んだことが発覚したのだけど白金貨十五枚って……。それこそネックレスや指輪じゃないんだから。

あぁ、でも。貴族の子供が成人したお祝いとして、家長が息子に贈るというペンは、それくらいするのかな。古くからある風習で、泥棒たちの国にもある。

でも、庶民の私が持つわけ…………。

あ、フェリオさんがいつもいる位置に置いてあったからかな。

この三人組が来たのは、フェリオさんが二階に上がったあとだけど、その前にギルド内を確認していたのかも。

フェリオさんなら羽があるから外見からして妖精族だ。高級ペンを持っていてもおかしくないと思ったのかも。妖精族は、自分の愛用品にお金をかける人が多いし。

私はペン泥棒に向き直る。

「……あの虹色のペン盗んだの？　それは私の。魔石屑《くず》をふんだんにちりばめてるんだからね。元は銀貨五枚くらいするものなの。半額で安かったんだから」

盗賊に敬語を使う必要がないので、地の口調で抗議する。

『高級ペンに似た外見で、庶民でも持てる安価なペン』という売り文句で販売していた私のペンは、安価といっても、前世の感覚よりは高いと思う。大量生産ができるわけではないし、かなり頑丈だ。

人気が出たから新しい型を作り、古い型を半額で売っていたのだ。半額でも高いほうだけど、きれいだったので奮発した。

「ぶっふ！　宝石泥棒が銀貨三枚のペン盗むとか！」

「ねーちゃん、それホーンラビット三匹分ってところじゃねぇか？」

カウンターで野次馬をしていた人たちが、楽しそうにしゃべり出す。

なぜだかお腹《なか》を抱えている人たち。

「それくらいですかね。肉以外買取に出すとそれくらいかな」

「はっはははっははは!!」

「ぐっふふふふ。ひひひひ」

「くすくすくすっ」

ここでまた、どっと笑いの渦。

それを見て女泥棒は顔を真っ赤にして、私のペンを投げつけた。

内側の障壁に当たってペンがはじかれる。続けてだんだんっと踏んだ。

見かねた衛兵さんが殴った勢いで女泥棒を退《ど》かす。そして、ペンを拾って私に返してくれた。

私の作った障壁は、外側の者が意思を持って何かを掴めば、障壁外に持ち出すことも可能なのだ。

先ほどはじかれたペンも、するっと私の元に戻ってきた。

「ありがとうございます」

拾ってくれた衛兵さんにお礼を言う。そして、少し腑《ふ》に落ちないので、爆笑していた冒険者たちにペンの説明をする。

「皆さん笑ってましたけど、このペンは北の通りの魔石専門店さんので、そこそこお高いんですよ。こんなにかわいいのにすごく使いやすいし、長持ちするペンなんです。投げつけられても、踏まれても、全く壊れない頑丈なペンなんですから。——間違って盗むのもわかります」

なぜかペンの説明というより、紹介になってしまった。

「すまないシャーロット。借り物だったのに……」

「いえいえ。このペン、何か秘密の製法で作ってあるんで壊れにくいんですよ。以前、トロールに踏まれても大丈夫でしたし。もし盗られたままでも、また買えばいいんです」

フェリオさんに謝られたので、全く傷がついていないペンを見せた。

私が力説している間に、衛兵さんたちが全員捕縛《ほばく》したらしい。

心なしか、三人ともプライドが砕けたような意気消沈した顔だ。

「さあ、向こうでゆっくり聞かせてもらうからな。壁娘、この壁片付けていいぞ」

……わかりましたけど。私の称号欄が心配だ。

連れていかれる犯人を見て、冒険者たち（と一部の職員）は楽しそうにしていた。

「価値がわからんなら盗賊やめちまえ！　ぶっふ。向いてねぇよ。ふくくっ」

「宝石泥棒、魔石専門店のペンを盗む……。ぶっふふふふ！」

「愉快な泥棒だね…………っくく」

引っ立てられていく盗賊たちを見ながら、私は何となくわかっていた。

盗賊たちの国の技術では、こんな精巧なペンを銀貨の単位で買えないということを。

この国はいろんな種族が集まって、切磋琢磨《せっさたくま》し情報を交換しているから、技術力が他の国より優れているのだ。

対する盗賊たちの国は、奴隷制こそないものの、種族によって明確に身分が分かれていた。技術力があっても身分の壁が原因で、出る杭は打たれてうまく回らないのだと思う。

そしてそれは、この国の初代国王が多種族国家を作ることに力を注いだ理由だったんじゃないかな。

人も、獣人も、エルフも、妖精も、ドワーフも、いろんな種族が交じって刺激し合って、いい国にしよう、いい物を作ろうって思ったんじゃないかな。

私もここに来る前はいろんな国を回ったけど、やっぱり活気が違うもんね。

◇◇◇◆

後日、件の魔石専門店の看板には、

『売れてます！　宝石泥棒も間違うほどの輝き！　一人一本、持って損なし！　プレゼントにもおすすめ！』

という商魂《しょうこん》たくましい文字が並んでいた。

さらに、使用者の声として札が立ててある。

『かわいくて、書きやすい！　魔物に踏まれても壊れない優れ物です！（十七歳・事務職女性）』

隅にピンク髪の女の子の絵付きだ。

それを私は、店の真ん前で腕組みをして、乗り込んだあとどこから突っこむか考えた。

幕間　雨

今日は朝から雨。

しかも土砂降り中の土砂降り。豪雨。

雨が屋根や、窓や、通りやらに当たってすさまじい煩さだ。

ざあああああ、というより、ずどどどどどどどど――という音に近い。

朝はまだ、ここまでひどくなかった。

前の通りは、雨で視界が悪いせいか誰も歩いていない。当然このギルド内も関係者以外すっからかん。

現在私は、入り口横にある掲示板で、国内外関係なく交通や情勢についての最新情報を貼っている。メロディーさんには依頼書が貼ってある掲示板のほうをお願いしていた。

――この感じ、二年前にギルドを再始動したときを思い出すなぁ。

私は当時、豊かで住みやすい国に定住を希望していた。

フォレスター王国は自由があって、いろんな人たちが住んでいる国。そう聞いて、小さい頃からずっと興味があったのだ。

そんな国のアーリズの町に来たのは、ダンジョンの中階層まで行くパーティーを探そうかな、と思っていたから。

そしてこのギルドを訪れた。

そしたら…………ひどかった。

査定のできない査定担当（後のポーション泥棒）。好みの男にランクポイントを不正に稼がせようとする受付嬢。極めつけは高価な壺に心を奪われ、よからぬことを企んでいた前ギルドマスター。

――びっくりした。

そして、いろいろあってその前ギルドマスターを捕まえる手助けをした。その褒美《ほうび》のような形で手に入れた移住の権利。

私は喜びでいっぱいだったけど、ギルドは夜逃げ同然に空っぽ。正確には夜逃げもいたけど、前ギルドマスターと同じく捕まった人が多かった。

職員が不足した閑散《かんさん》としたギルド。私は、これはよい機会とばかりに職員に立候補した。

前世のこととはいえ私には事務経験があったし、冒険者だったから依頼を受けていたこともあるので業務内容はわかっている。人手もほしかったようなので、少し渋られたけどその後はすんなり入職した。

そして、かなりの少人数でギルドが再開した。

最初はわたわたしていたけど、仕事に慣れてくると今度はギルドを使う人が少なすぎて暇になった。

利用する冒険者たちも、再開当初は近寄らなかったのだ。

まぁ、運営が怪しいギルドには、あまり行きたくないだろうから仕方ない。

その後、真っ先に明るく改装して、女性や子供も入りやすいギルドを皆で目指した。今では列ができるほどになったのが成功した証だ。

ピラッ。

――そのとき、ふとある情報を貼ろうとして手が止まった。

『エーリィシ帝国南西で動乱。近くを通る者は気をつけたし。（詳細は随時）』

詳しくはわからなかった。民衆暴動なのか、南西近くの国と衝突したのか、はたまた革命か。

（――随時更新される予定、か）

エーリィシ帝国はこの国の西に隣接している国で、国土だけは広い国。いや広かった国。それも年々縮小されている。

この帝国はフォレスター王国の理念とは反対の、人族至上主義国家。

当然国交がない。というより、向こうが出入りを嫌う。

人族以外は畜生であり、人らしい振る舞いは気持ち悪いなどと、平気で言う国。これは人の見た目に比較的近いエルフでも、そういう扱いをされる。エルフは耳が少しとがって美しい容姿が多い以外、人族とそんなに変わらないのに……。

人族以外は凶暴で知性がなく、不潔で得体が知れない。または狡猾《こうかつ》で頭から人をばりばり食べる。

こういった嘘を、さも事実であるかのように熱心に教育している国。

だから人族以外の種族を弾圧することは、至高で崇高《すうこう》な行為であると、かなり本気で説《と》いていた。

こう聞けば私の周りの人たちは「まさかぁ」と言うかもしれない。だけど、これは事実。

なぜこんなに詳しいかというと、私はそのどうしようもない国の出身だから。

この世界に生まれたとき、獣耳《けものみみ》がある人たちや、美人金髪エルフがいないことにがっかりしていた。

　かなり小さいときから前世の記憶があった私は、異世界の風景なのに異種族がいないことが残念だった。

　そして青空学校（ド田舎なので正式な学校などないし、読み書き算数程度）が始まるや否や、差別教育を教え込まれたわけだ。正直耳を疑った。

　当時私はその教えを信じることができず、実際にいろんな種族に会って確かめたいと思っていた。自分もおかしな思考に染まる前に家を出ようと、早い段階で決意していたのだ。

　出国したときの気持ちは、〝悲しい〟や〝後ろ髪を引かれる思い〟よりも、早く出られてほっとしたというものだった。

　人族以外は不潔であるとか教えていたけど、実際国の外に出てみたら、自国のほうがよっぽどだった。

　出国どころか出奔した時点で、シャンプーはおろか石鹸《せっけん》も粗悪品しか出回っておらず、そもそも風呂・シャワーがないことが普通だったのだ。食べる物も種類・量ともに少ない。まるで時間が止まったような文化で、貧しさが目立つところだった――。

「シャーロットさん」

「…………っ」

　少し離れた掲示板に依頼書を貼っていたメロディーさんから呼ばれる。考え事をしていたから少し驚いた。

「こちらは終わりましたわ」

「ありがとうございます」

もうやることないですね、と言いながらカウンターに戻ろうとする。

「ええ。……あら、この情報、私も見ましたわ。でも、隣の国の、かなり向こうの話ですもの。きっともう終息している頃ですわね」

「ええ。そうですね。だいぶ遠い場所ですもんね」

このフォレスター王国の、西隣の国の、さらに南西の場所の話。

いくらこの国が他より高い技術力があると言っても、ここに情報を届けるのには馬車や鳥を使う。前世のときのように、リアルタイムで情報を入手できるというわけにはいかない。

それができそうな魔道具が発明されてもよさそうだけど、今のところはない。

「これをきっかけに、またこちらに飛び火しないといいですわね」

「まぁ、西隣で何かあっても、また追い返してくれますよ」

この国は兵力がしっかりしている。二年半前のエーリィシ帝国の国境侵犯の際、追い出してさらに領地を獲得していた。

帝国が侵攻してきた経緯。それは、その国の別の地域で他国と戦争があり、帝国が勝利したためと言われている。勢いに乗って侵攻したらしいのだ。

だからメロディーさんは、今回の帝国南西の動乱をきっかけに、またこの国に攻めてくるんじゃないかと心配しているみたい。

だから、心配はいらないと励ました。

「……そうですわね。あら、帝国だけかと思いましたけど、他のところでもいざこざがありますわね。シャーロットさんの故郷は大丈夫ですか？」

――知り合ったばかりのときはよく聞かれる質問だ。だからいつも、焦らずこう返している。

「私、故郷はないんですよ～」

「あら、そうでしたのね。それでは元は旅人さんなのですか」

「ええ。気づいたときには、母と旅をしていました」

とても普通のことのように、メロディーさんに話す。

『故郷がない』という人は多くはないけど、けして珍しいわけでもない。

常に移動しているタイプの商人、頻繁に移動する冒険者などに多い。

商人はいくら移動しているといっても、拠点としている国はある。

けれども親の考え方によって出身地に重きを置かず、子供も特に気にせず大人になった場合、故郷はないという答えになる。

冒険者の場合――特に両親とも冒険者の場合は、出産時に一時期定住したとしても、落ち着けば旅に出る。だから、故郷という概念がない人もいる。獣人族などは生まれてすぐ足腰がしっかりするので、小さい子供でも旅ができるからとどまる期間が短い。

なので、私はこういった故郷を問われる質問に毎回、「故郷はない」と答えている。

この国で「エーリィシ帝国出身です」と言うと、いじめや迫害は受けないものの、非常に非常に、微妙な顔をされるので絶対言わない。

せっかく町の人たちにも、好意的に受け入れられてきているのに。

そもそもあそこは、故郷であるという実感が全くない。

あえて言うなら、生まれ変わってから最初のスタート地点。通り過ぎるだけの国。

私にとって思い出深い生活は、出国するときに協力してくれた、血の繋がらない母と旅をした生活。それが、異世界に転生して初めての実感ある暮らしなのだ。

そして今ではこの町が、これからも暮らしていく自分の故郷となるはず。


――気づくと外は晴れて虹が出ていた。

ちょうど南東のダンジョン付近にかかっていて、とてもきれい。

そうだ。

久しぶりに手紙を書こう。

おかあさんへ
お元気ですか。私は元気です。
町にはだいぶ慣れてきました。
またこちらに遊びに来てください。
今度はおいしいお菓子屋さんを紹介します。
シャーロット

第三章　建国祭

最近私は勧誘されている。

「シャーロットちゃん！　当日は俺と踊ってくれ！」

「すみません」

しかし、笑顔ですかさずお断りをする。

「シャーロット殿、俺と……」

「それ、そこの武器屋さんと、宿屋の娘さんにも言ってましたよね」

女子の情報網を甘く見てはいけない。

「シャーロットお……」

「当日はお相手できません」

断るのはもう慣れた。

これで何人目だろう。

別にモテ期でも、何かの罰ゲームで、私に告白させられているわけでもない。

単に彼らがあぶれているだけなのだ。

ダンスの相手に。


近々この国の建国祭があり、その日は国民の休日となる。

屋台などの食べ物屋さんや、ここぞとばかりに出す店以外は休み。もちろんギルドも休み。

一日中酒を飲み、食べ、夜は広場でダンスを踊る。

そのときのパートナーを探し、まだ見つかってない人たちが、「さぁ次、次」と余りものに声をかけているのだ。

「きっぱり断ってんな」

たまたま一階に用事があったギルマスは楽しそうだ。

ギルマスはもう結婚しているのでパートナーを探す必要はない。

私にはすでにダンスの相手がいるわけではないけど、特に踊りたいとは思わないし、余りで誘われても困る。

今回の祭でうっかり踊りでもしたら、周りがくっつけようとおせっかいをするかもしれない。今は特定の相手を作りたいとも思わないので、そんな危険なことは回避するに限る。

せっかく生まれ変わって現在まだ十七歳。

この年で結婚している女性だっているだろうけど、私はまだいい。

「…………！」

のんきにしていたギルマスが、突然、何かを察知したかのように背筋をピンっと固くする。

「っ、おっと、まだ仕事残してたな！」

逃げるようにして、二階の部屋に上っていった。

この逃げ方は……と思っていると案の定――。

コツコツ、コツコツコツ。

硬質な靴音が響く。

つやのある漆黒の髪、エメラルドの瞳、頭に二本のツノ。軽装で、どちらかというと魔法使いと思われる格好。若い見た目なのに重厚感あふれる雰囲気。

冒険者ギルドSランク登録者。仲間を持たず、単独で依頼を受注している通称ルシェフさん。どこからどう見ても魔族。

別に魔族がこのギルドに来ることはおかしくない。

魔王様の国とは同盟を結んでいて良好な関係だし、ギルドにも大勢登録しているのでよく見る種族だ。

ただ、こちらの通称ルシェフさん。なぜ通称か。『鑑定』の結果でわかる。

　　ルシェフ
年齢：■■■■
種族：○○
職業：ディ●テーレ魔国　魔王
　ディステーレ魔国冒険者ギ◎ド　▲本部Sラン○登○者
体力：◆■□◇●○
魔力：■■9■■9
　力：■◆■□■　◇●
知力：■●■　◎◆◆●

速さ：○●　■◇　◆■■
集中：◆■◇●■□
耐久：◎●　●●　●●　●●
精神：■□■□■□■□
　運：●●

これは私の『鑑定』が壊れているのではなく、相手の力が強すぎてきちんと結果が表示されないのだ。

数値の代わりに記号や図形が表示され、それが黒く点滅したり、移動したり、突然現れたりと目がチカチカする。要するに文字化けしているのだ。

お名前の「ルシェフ」だけはっきりくっきりと見える。次に職業がぼんやりと、でも『魔王』と記されているのがわかる。

ところどころ見えにくいけど、冒険者ギルドのSランク登録者だということもわかる。

――おそらく唯一、私と同じ『鑑定』スキルを持っている人。

そして、たぶん『詐称《さしょう》』系のスキルを使って『鑑定』の名前部分をごまかしている。

名前の「ルシェフ」だけはっきり見えて、職業がぼんやりしているというのは、名前のほうをわざと見せているように感じるからだ。

初めて会ったとき、一瞬長い名前が見えた気がしたのに、次の瞬間に「ルシェフ」とはっきり見させられた。

たぶん私が『鑑定』持ちなのに気づいて、隠したのだと思う。

魔王様の職業欄がぼんやりとでも見えるのは、……うぬぼれかもしれないけど私の『鑑定』スキルが職業欄には強いから……じゃないかな………。

最初はその職業も詐称だと思った。だけど、嘘をついて『魔王』と記しておくのは、本物の魔王様にあったら確実に死亡案件だろう。それはないと思った。

それをふまえて考えてみる。能力値の数値が見えないのに、偽名がはっきり見えていること。だけど職業欄が薄ぼんやり見えるということは——真実味がある。

前の宝石泥棒のときのように、人となりが一発でわかるのは、職業・称号欄。この項目だけははっきり見えるよう無意識に鍛えていたのかも。

そう、『鑑定』スキルは鍛えればまだまだ精度が増す。

フェリオさんに査定を教えてもらって、『鑑定』に伸び代があるのを発見したのは大きかった。『鑑定』を鍛えるには、自分より強い人物や、魔物の能力値を見破ろうとする努力が必要だ。それによって『鑑定』力が上げられる。

そこで魔王様がここのギルドに現れたときは、遠目からじっと見て、数値をはっきり見ることができないか、目を鍛えているのだ。

今回でやっと、魔力値（魔法を使うとき消費する）が六〜七桁くらいかなぁと判別がつくようになった。最初に会ったときは、もっと複雑な表示にしか見えなかったから少し進歩したようだ。

しかし、六桁以上かぁ。大きな魔法を制限なく使えそう。

そういえばディステーレ魔国東端の火山が噴火寸前だったときに、『魔王が噴火を止めた』という情報が出回ったなぁ。

ギルマスが毎回逃げるのも、仕方がない。

ギルマスがすぐ逃げるのは、彼のスキルに『本能』『気配察知』があるせいだと思う。

おそらく、無意識に『本能』で「どうあっても勝てない」と感じるのだ。そして『気配察知』で察して、一定の距離まで来たら離れようとするのだろう。


――パサッ。


「いつもの。五つとも」

さて魔王様の用件は、すごく珍しいものだった。しかし、ここに来れば毎回同じことを頼むので、彼にとっては〝いつものこと〟だ。

それは、ランクポイントを減らす用件だった。

ランクポイントは増やしてなんぼ、というのが冒険者として常識だ。ランクポイントが増えれば、ランクが上がるのだから。

ランクポイントは、依頼達成、魔物の討伐、薬草採取などによって増える。

皆ランクを上げたいから必死だ。

逆にランクポイントを減らすというのは、冒険者として避けたいこと。

なぜならランクポイントを減らすということは、依頼を達成できなかったということだから。

でも、それを魔王様だけは、ここのギルドで積極的にやる。

確かにマニュアルには、ランクポイントをわざと減らすなとは書いていない。むしろ、ランクが上がりすぎて困っている方にお勧めできるとさえ書いてある。

このマニュアルに入っているということは、少なくとも過去にランクが上がりすぎて困った人がいたのだろう。だからランクポイントを減らさざるを得なくなって、正式にマニュアルに載った。

しかし、ランクポイントを下げる必要があるケースとは、どのような場合だろう。

たとえばパーティーに加わっていて、そのパーティーランクが自分の実力に見合わないほど上がってしまったときに起こり得る。


パーティーランクとは、文字どおり、単独のランクではなくパーティーを組んだときのランクだ。

パーティーランクは、メンバーのそれぞれのランクを、数字に変えた平均値で決まる。

SSが9、Sが8、Aが7、Bが6、Cが5、Dが4、Eが3、Fが2、Gが1とする。

例えば、アーリズ支部の有名パーティー『羊の闘志』の場合。

Aランク五名とBランク一名のパーティー。

（A×五名）＋（B×一名）これを人数で割る。
計算すると
（7×5）＋（6×1）＝41
41÷6＝6．8333……
小数点以下四捨五入で「7」。
よってパーティーはAランクとなる。

パーティーは「ランクが近いもの同士で組まねばならない」という決まりはない。だから、SSとGランクが組むことも問題ない。

SSランク一人とGランク一人のパーティーなら（9＋1）÷2で5。よってCランクパーティーとして、D～Bランクの依頼を受けられる。

ここでGランクとCランクの、依頼完遂後の平均獲得ポイントを見てみる。

Gランク依頼↓一件につき一人平均1ポイント獲得。

Cランク依頼↓一件につき一人平均20ポイント獲得。

Gランク冒険者は、一人で依頼をちまちま達成するより、高いランクの人と組んで、上のランクの依頼を達成すれば早くランクが上がる（腕が立つなら魔物退治するほうが早いけど、今回は除外して考える）。

自身の力が未熟のままランクが上がってしまっても、仲間が手助けをしてくれるならば問題ない。

しかし、突然パーティーが解散になるなど、一人になってしまった場合はどうなるだろうか。

また誰かとパーティーを組めるならばいい。けど、一人で依頼を受けなくてはならなくなったら……。

極端な例だけど、もしSSランクの冒険者に子供がいて、その子が十歳になったので冒険者登録をし、二人でパーティーを組むことになったとする。

SSランクの親一人と、Gランクの子供一人のパーティーだ。

初めて冒険者登録をする際は、全員Gランクから始まる。なぜなら強さを測る魔道具が発明されていないから。どこの町で一番の勇士だとか、どこの領地で騎士をやっていたなど主張されても、その言葉を数値化する術《すべ》はないし、いまいち信頼性にかける。

身分はさらに関係ない。身分がいくら高くても、たとえ王族でもGランクから始まる。

例外としては、強さを万単位の人に目撃されたならば、高ランクスタートはあり得るけど、そんな人はまず冒険者にならない。

さて話を戻すと、そのGランクの子供がSSランクの親と、Cランク依頼を完遂させると一件平均20ポイントのランクポイントが増える。Fランクになるには、100ポイント必要なので、五件こなせばFランクに上がる計算だ。

その後もとんとん拍子にランクが上がり、気づいたらAランクになっていたとする。

毎回仕事は親が中心になって遂行し、子供が成長していなかったとしたら……。

もし、あるとき親から「大人になったから独り立ちしなさい」と言われてしまっても、とてもランクに見合う依頼は受けられない。Gランクの仕事すら危ういだろう。

――もしかしたら、それに近いことがあったのかもしれない。

そこでギルドは救済措置として、ランクポイントを減らし、依頼を達成しやすいランクに落とすことにした。

これは特別な書類はいらない。「依頼を受けて達成できなかった」という書類を作り、ランクポイントを減らす。それだけだ。

契約不履行にするのだ。

契約不履行とは、依頼を受けたのにも拘《かかわ》らず継続が難しくなって、完遂できなくなったことを指す。魔物討伐失敗、護衛依頼でトラブルを起こすという案件ではよく起こることだ。この場合、ランクポイントが入る予定だった分の倍減る。契約内容によっては違約金も発生する。

この規則を利用して適当な依頼を受注し、その場で「依頼達成不可能につき契約不履行」と冒険者カードに登録する。事務側では、支部の控えと本部に送る書類に、『ランク下げ案件』と入れる。

もちろん、違約金が発生しない依頼を選ぶ。

これでランクを下げて、晴れて自分の力に見合った依頼を受けられるという寸法だ。


さて、肝心《かんじん》の魔王様の場合は、力が足りないからランクを下げるのではない。

SSランクにならないように、ランクポイントを減らして調整しているのだとか……。他の人たちが知ったら、妬《ねた》まれること間違いなし。

国によるけれど、高ランクになると本部の指示で動く「専属」になることがあるらしい。それに、最高ランクはほぼ有名人扱い。

ディステーレ魔国の事情はわからないけれど、SSランクになると何か困ることがあるのだろう。目立ちたくないのかもしれないし。

「ルシェフさん、それではこの五つの依頼受けたことにしますね」

仕事で呼ぶときは『Sランク登録者のルシェフさん』と呼んでいる。心の中で呼ぶときには、偽名とわかっている名前を言うのもあれなので『魔王様』。

魔王様がわざわざこの支部でそれをやるのは、私がポイント減少作業に理解を示してコツを教えたからだと思う。

たぶん、すんなり作業するギルドはここくらい、私くらいなものだから。

冒険者の中で、好き好んでランクポイントを下げる人はいない。前述のように力不足のままAランクとなるのはかなり稀《まれ》だ。

パーティーを組むときは大抵、同程度の実力者同士で組む。それに、自分より低いランクの者を引き入れたとしても、何もしない人のランクを上げたくはないだろう。そして冒険者にとって、ランクポイントを減らす行為は嫌悪されるものなのだ。

大体の人がしないということは、ギルド職員がそのような案件に当たることがないということ。ランクポイントを減らしたい、と聞くとまず止めるだろう。

相談しようと言うだろうし、SSランクになりたくないと知ったら「何て贅沢《ぜいたく》な悩み」と怒る人もいるかもしれない。

かく言う私も、別の人が「一人だと依頼を受けられない。ランクを落としたい」と訴えてきたとしたら、まず相談すると思う。見合ったパーティーへの加入を勧めるとか、向いてそうな依頼を勧めるだろう。

これまで魔王様はそういった非協力的な受付で、ランクポイントを減らす作業をしていたらしい。他人の迷惑にならなそうな依頼を受け、数日してから依頼を断念。違約金がかかっていたら払う。ということを続けていたようだ。

——そしてある日、私が担当する。

私は登録者カードで履歴を確認し契約不履行が続いている項目を見て、ポイントを減らしたいのか聞いてみた、という流れだった。

事情がわかったらあとは簡単。

「もっと簡単に、違約金も不要で、受付も気づかない方法がありますよ」と教えた。

それからは、この支部にてランクポイントを減らすようになった。

方法といっても大層なものではない。どこのギルドでもある常時依頼を使う。

大抵は低ランク向けの内容だけど、必ずG～SSのオールランク依頼として出している。

常時依頼は、「低級の魔物だけど多いからついでに狩ってほしい」とか、「使用頻度が多い薬草を、通りがかったら採ってきてほしい」というようなもの。高ランク冒険者にとってはついで要素が強い案件。

誰でも受けられるということは、一人が受注して失敗しても、忘れても、困らないということ。

さらに常時依頼は、達成報酬ではなく、現物買取でのみ報酬が入るので、依頼を失敗しても違約金がかからない。

ならば、依頼を受けて忘れてしまったことにする。

常時依頼は受けても途中キャンセルが可能な代わりに、十日放置するとその時点で依頼未達成となり、ランクポイントが減るようになっているのだ。

ちなみに常時依頼だけではなくどの依頼にも達成期限があり、依頼受注後、期限（依頼により日数はまちまち。期限がない場合もあり）が過ぎると契約不履行となる。

重要なのは、本命の依頼を受注する際、常時依頼も一緒に受けてしまうこと。すると、受付もあまり不審に思わない。

そして十日以上経ったあと受付に指摘されても、うっかり忘れたと言えば追求されにくい。そもそも、人によっては履歴を見ない人も多いのだ。

――かくして魔王様のSSランク回避計画は、スムーズに行われるようになった。

魔王様が、なぜ冒険者をやっているのかはわからない。聞く気もないけど、これで快適な冒険者生活を送ってくれればいいな。

そして、魔王様は用件を済ませて颯爽《さっそう》と去っていった。

「ふふ。シャーロットさん、そんなに彼のこと見つめて。もしかしてダンスを断り続けているのも……？」

魔王様が去ったあと、聞いてきたメロディーさん。私の『鑑定』特訓を勘違いしたようだ。

周りの男性数名もこちらを気にしている。

（……これは！）

都合がいい、というには大変失礼だけど、声をかけてくる人数を減らせるのはちょうどいい。

私は心の中で謝りつつ、そっと微笑《ほほえ》んで「えへへ」と言ってみせた。

男性たちが落胆した声を出しているのを聞いて成功を確信した。

◆

本日はフォレスター王国の建国祭。

一部のお店以外はすべてお休み。ギルドもお休み。

今日のお昼ご飯は家で食べない。少しおしゃれをして、町で好きな物を買って食べ歩きをしながら、催し物を見て回る。

それが今日の過ごし方。

ピイラララッタ、ピラリラ～
タタタッタ、ピリリ～ィ
シャンッ、シャン、シャシャシャン

音楽と踊りを披露している場所では、笛や弦楽器、小太鼓などの音色に合わせて、踊り子さんが優雅に踊る。

知り合いがちらほらいるけど、皆さん踊り子さんに夢中。

……こらこら何を覗こうとしている。

冒険者どころか、この町の騎士まで鼻の下を伸ばしてるし。

あ、でもうまいこと見えないようにしているね。

ドレスは深いスリットだけど、回るときに手に持っている扇で隠したり、ドレスを手でそれとなく押さえたりと見えそうで見えない。

残念でしたね、男性陣の皆さん。ただただ翻弄されていてください。

私は食べ物の屋台が並ぶ通りを歩く。

祭の日に必ず食べる物があるのだ。

それが「サッコゥボウ」。

初代王がどうしても食べたくて、当時栽培していたディステーレ魔国にお願いして、自国でも栽培できるようにした〝コメ〟。

それを手で丸く握って、この国の海でとれた〝ノリ〟を円形や四角形に切って上にいくつも等間隔で貼りつける。

中には具も入っている。

本当は「サッコゥボウ」ではなく、もっと長い名前だったけど、五百年の間に短くなっていったみたい。

――前世でこういう食べ物あったはずだけど、何て名前だったかなぁ。

転生して十七年。何かのきっかけがないと思い出せないときがある。

その「サッコゥボウ」は、初代王が王妃様と祝う日や、戦場で兵士たちに手ずから握って出したとされている。

とても簡単に作れるけれど、簡単だからこそ誰もが心をこめやすいとして、今でもお祝いの日には欠かせない料理だ。

どこかで食べようと思い何個か買い求めた。

自分で作れると思うけど、中の具がお店によって違うし、祭の日に屋台で買って食べるのがいいのだ。

少し歩くとエイ・パテシさんのお菓子屋さんも商売していた。今日は屋台を使って広場で営業している。

「パテシさん。今日売っているのは何ですか？」

白くて丸いものが並んでいる。中に赤い物が入っているようだ。

「これはね、コメの中でもかなり粘り気のある品種を使ったお菓子で、この中に赤いストロゥベルを入れてあるんだ」

どうぞ、と試食用に半分に切ったそれをくれた。

外側はもちもちしていて、中のストロゥベルが甘酸っぱい。

「わぁ！　おいしいです」

前世で食べた苺大福《いちごだいふく》に似ていた。

（これはすっと思い出したなぁ）

「これ二十個ください」

明日、ギルドの皆とも食べよう。

日持ち？　それは大丈夫。

「毎度～。……はい！　ちょうどいただきました」

お代を渡して商品を受け取る。

そして、収納魔法にすいっと入れた。

私はスキルと魔法が覚えやすい性質なので、もちろん収納魔法も持っている。

収納魔法は、容量も時間経過の有無も、人によって様々で、私のは容量がまあまあ大きく、時間経過がほぼない収納だ。

この魔法は、自分の持っている何かを盗られたくない、という意思が強いと発現しやすい魔法だと思う。

魔力や知力（魔法の威力に関わる）が高い人はもちろん、両方とも低い値の人でもたまに持っている。そういう人は、主に自身の所持金のみ入れるという財布代わりに使っていた。

（どこで食べようかな）

迷っていると、広場の一角で小さな芝居小屋を見つけた。

芝居小屋といっても舞台のみが小屋になっていて、客席は地面に椅子が置いてあるだけだ。雨が降っていたら座れないだろう。今日が晴れていてよかった。それとも雨天のときは簡単にテントでも張るのかな。

どうやら、もうそろそろ劇が始まるらしい。舞台の近くにいる子がそう呼びかけている。

席にも座れそうだし、食べながら観よう。

すべて自前のようで、何年も同じ物を使っているような年季の入った舞台小屋だ。椅子は組み立て式の椅子だし種類がばらばらなので、もしかしたら中古でもらった物かもしれない。

幕が下りたままの舞台から女の子が現れた。

「これより！　ピーセリア孤児院の劇、『勇者王ものがたり』をはじめます！　みなさま、ごゆっくりごらんください！」

それを伝えるとまた幕の中に戻る。

これから始まるのは、孤児院が毎年やっている建国祭にぴったりな内容の劇だ。去年は人だかりの後ろからちらりと見て終わっていた。

この国出身ならば何度も見たり聞いたりしているかもしれないけど、移民して二年くらいの私としてはまた見られてよかったという思いが強い。

観客全員で拍手をする。

ぱちぱちぱちぱちぱちぱち!!

「約五百年前の昔、ここは、人族以外をどれいにする悪い王さまが、支配していました!」

舞台に幕が下りたまま、ナレーションの女の子の声が響く。はっきりくっきり話している。

「悪い王さまは欲深く、となりの国の土地や、海のむこうの、魔王さまの土地もほしくなりました。そして、召喚という、あくぎゃくひどうな、技をつかい、強い者をよんで、あやつってしまえと考えました!」

ばさばさ、ばっさばさっ。

あまりお金をかけていなさそうな幕が、ぎこちなく上がっていく。

びしゃあぁぁぁぁん。

勇者を召喚した効果音を表しているのだろうか。

どうやって出したのかはわからないけど、なかなかいい音だった。

だんっ!

主役らしき男の子が甲冑《かっちゅう》の衣装と剣を持って、跳び上がって舞台に立った。

その反対側には悪の王役と、その部下二人がいる。

「何だここは!　おまえはだれだ!」

黒髪のかつらをかぶった男の子が剣を王役に向ける。

「ここは、ひと族が楽しくくらす国。勇者さま、おねがいです。ここから東にいるまおうを、たおしてください!　われわれ、ひと族は、まおう軍に、せめこまれようとしています!」

以下、部下のセリフ。女の子、男の子と続く。

「くろい髪、くろい目の勇者さま、すてき！」

「まおうはわるいやつです！　いっしょにたおしましょう！」

部下の男役のそばには、大きな首輪の小道具を着けた女の子が悲しそうに座り込んでいる。

「いやいや！　我を元の世界に、帰してくれ！　勝手に呼びつけるとは、何て無礼な者たちだ！

それに我の目には見えるぞ！　お前たちの心が真っ黒なのが！」

「やかましい！　おまえはわしのいうことを、きけばいいのだ！」

悪の王役が態度を一変し、小道具の杖で舞台に激しく突いた。

「わたしのお色気で、おまえなんか、いちころよ！」

悪女役の子が、身体をくねくねさせる。

「おれが、ちからでねじふせてやる！」

部下役の男の子が、力こぶを精一杯主張した。

「勇者さま、たすけてください！」

座り込んでいた女の子が立ち上がり、勇者に助けを求める。

それを、力こぶの部下役が「やかましい！」と、頬を叩く演技をした。

女の子はその勢いで舞台中央へ走る。

それを見た勇者役が叫ぶ。

「何と、高慢ちきな王だ！」

悪の王役を蹴り飛ばす動作をし、観客からおぉぉと声援が起こる。

悪の王役はそのまま退場。
「おばさんに興味はない！」
悪女役を片手で押し、観客から笑いが起こる。
悪女役もそのまま退場。
「この、ひょろひょろがぁ！」
力こぶの部下役を、剣で斬る動作をして倒す。
おおおおお！
パチパチパチ！
大きく歓声がわき、拍手が起こる。
斬られた子は「ぐあぁぁぁ！」と背を向けて舞台片隅に倒れた。
そして勇者役は舞台中央に立ち、頬を押さえた女の子を立たせ、その手を取る。
二人はお互いに見つめ合い、頷き合った。
勇者役は女の子の肩を抱き寄せ、身体を観客正面に向ける。
剣を大きく掲げ、高らかに言い放った。
「このような悪い国には我、ナオ・ユキ・フォレスターが、必ず罰を下す！」
おおおおおおおおおお！！！
いつの間にか立ち見までいるほどの満員となっていた観客から、大歓声が起きた。
初代王が、後の王妃を傍らに名乗りを上げる重要なシーンだ。
盛り上がらないはずがない。

——そう、これが勇者の物語のはじまり。

非道な技とされる「召喚」で無理やりつれてこられた勇者は、獣人族を奴隷としている悪の国に憤慨《ふんがい》し心を痛め、この国にはびこった悪政を滅ぼす決意をする。

この国では人気の起承転結の起のシーン。

そして第二幕。勇者王が後の王妃と一緒に、国を支配する悪の王を滅ぼすために仲間を見つける旅に出て、冒険者となる。

第三幕で魔王に会い、友達になって一緒に戦おうと宣言する。

最終幕では、SSランク冒険者になった勇者が、悪の王と再び対峙《たいじ》する。

そして未来の王妃や旅の途中で仲間になった者たちと、悪の王を倒す。その地で初代国王として新たな国を興《おこ》す宣言をするシーンは、盛大に盛り上がった。

「ここを、フォレスター王国とする!!」

うおおおおおおおおおお!!

パチパチパチパチパチパチパチパチ!!

———— フォレスター王国ばんざーい! ————

———— 初代国王ばんざーい! ————

大人たちは酒が入っているから、赤ら顔で拍手喝采。大声援。

国の成り立ちがよくわかる素晴らしい劇だった。

「これにて、ピーセリア孤児院の劇、『勇者王ものがたり』終幕です！　皆様ありがとうございました！　少しでも心に響いたなら、ぜひ寄付をお願いしまーす」

この大盛り上がりの中、袋を持った少年少女たちがノリノリで客席に向かって散開した。

先ほど主役を飾った少年や、ヒロイン、悪の王役、その部下たち、魔王役、全員総出で寄付袋を持って客席を回る。

私のところに袋を持ってきた主役は、以前ギルドに「森に強い魔物がいる」と教えてくれた子で、『魔物解析』スキル持ちの少年だった。

悪の王役も他の役の子も、この子とパーティーを組んでいるお馴染みの子たちだ。

いつもはホーンラビットあたりをギルドに持ってくる。

「すごく面白かったよ！　主役だったんだね。黒のかつらも似合ってるよ」

「へへへ！」

実際の勇者王は黒髪黒目だったらしい。しかしカツラは用意できても目は無理だ。瞳は赤いままの勇者王役の少年は、照れつつも自信ありげに笑った。

――生活がかかっているから劇もしっかりしているんだなぁ。

皆が銀貨や銅貨を入れているところ、私は金貨を数枚入れた。

これで、そのくたびれた鎧の衣装や舞台の修復費用にしてほしい。というか、あの舞台は解体して孤児院の敷地内に置いているのだろうか。孤児院に行ったことがあるけど気づかなかったなぁ。

今回の劇は「勇者が召喚されて、新しく国を作って終わり」だったけど、現実はもちろんそのあとも続く。

宣言どおりに、どの種族も差別することなく、されることのない国作りを目指し、それを国の永遠の方針とした。

もちろん悪い王と同じ人族も差別されることなく、この国に迎えられた。

彼がこの世界に来ることになった原因「召喚の技（魔法？）」は、永遠に行われないよう厳しく禁じたらしい。悪の国にあった召喚方法は、ことごとく燃やされ焼失した。

そして劇のセリフにあった――我の目には見えるぞ！　お前たちの心が真っ黒なのが！――。

初代王は様々な人、物、魔物の能力を、事細かに見定めることができたとされている。

――彼にも『鑑定』スキルがあったのだろうか。

（その割には、スキルと魔法が発現しやすくなる精神値とか、未だに知られてないけどね）

歴史学や言い伝えでは、勇者王はその力もあって、SSランク以上の力を持つ冒険者になれたとある。そして、様々な国で人を助けてきたことで、恩に報いるために皆が勇者の味方をしたとも言われていた。

――それにしても、初代王は「ナオユキ」さんだったのかな。苗字は「森星」さん？　……つまり私と同じ「地球」の「日本」出身だったのだろうか。

それとも王国名は王国名で別物なのか。あるいは元々そういう名前だったのか。

それに五百年前にしては、「サッコゥボウ」は見たことあるし、他にも広めた料理や遊びなどは、私も知っているものばかりだ。そんなに昔の人とは思えない。

召喚の場合と転生の場合で、来るときの時間に差が出るとか？

実は似ているだけの別の世界とかいう考え方も、前世で流行《はや》ったような……。

うーん。

考えてもしょうがないよね。もう亡くなった方だし――。

さてさて、日が傾いてきた。

通常ならば閉門の鐘が過ぎたら家に帰るけれども今日は祭。

これから町中、夜通し踊って騒ぐ。

飲み物でも買おうかな——と一人で歩いていた私は、『探索』スキルから三人に尾《つ》けられていることに気づいた。

いや、同じ方向に行くだけかもしれない。確かめよう。

次の路地にさっと入り、走って通り抜け、別の通りに出て物陰にすっと隠れた。

念のため『気配遮断』スキル（性能はあまりよくない）も使う。

すると間もなく追いかけるような小走りで、さっきの男一人が路地を抜けてきた。続けて残り二人も現れる。

「あれ？　こっちに来たはずなのに……」

やはり狙いは私なのか。

「おかしいなぁ。でも言ったろ？　あのSランクと約束なんかしてないって」

あのSランクとは——魔王様とのことだよね。ばれたかー。

「今のところ一人だしなー」

私を捜すより、いっそのこと今日は三人で楽しく過ごせばいいのに。

私が一人でさびしそう、とか勝手に思っているのだろうか。

「クンクン。あ、こっちの方角かも。甘いにおいがする」

こちらさんは獣人族か。人のにおいを勝手に嗅がないでください。

でも何だろ、甘いにおいって。……苺大福かな……まさか服ににおいが残っていたのかな……。

さてどうしよう。ん？　………あれ。

私は彼ら三人よりも先に、その人物を見つけた。現状を打開できそうだ。

私は三人に気づかれないようにその人物に走り寄り、挨拶をする。

ようやく私に気づき近づこうとした彼らは、声をかけようとして思いとどまり、噂が本当だったことに落胆したようだった。

「まだこの町にいたんですね。ルシェフさん」

（すみません！）

後ろの三人がすごすごと去っていくのを、『探索』で確認しつつ、心の中で魔王様に全力で謝っていた。

かといってこのまま私が去っても変な気がしたので、苦肉の策で収納魔法から一つの「サッコゥボウ」を取り出した。

「これ、今日買ったばかりなんですけど、いりませんか？」

断られたらすぐ去ろう、もしお相手がいて帰ってきたらすぐ去ろう！　と考えていたのだけど……。

「――――もらおう」

予想に反して受け取られてしまった。

「はい。……あ、どなたかと待ち合わせ中……ですよね。それなら私」

立ち去りますねーははは、と言い終わる前に。

「待ち合わせている者などいない」

「……」

先に言われてしまった。

仕方ないので自分の分も出して食べる。

魔王様という人物は、この国では好意的に見られている。

劇であったように、初代王とは仲がよかったらしい（まさか劇のように友達になろう、という雰囲気ではないだろうけど）。

初代王が建国してからは、お互いの国の物を流通させた。両国とも相手国のいいところと、自国のいいところを採り入れ合って、さらに発展させたのだそうだ。現在も貿易相手国で、いろいろな種類の物が流通している。

初代王が崩御《ほうぎょ》した後も交流は続き、近いところでは現在の国王の即位式にも出席したらしい。

「今はのりが円形のものが主流だが、本来は五角形にして貼っていた」

魔王様が五百年前の「サッコゥボウ」について教えてくれる。

――あぁ！　そうかも。

「知っているか。これは元々『サッカーボールおにぎり』と呼ぶ食べ物だ」

……………！　そうそう！　それだ。　やっと思い出した！

「サッカーボールおにぎり！」

いやぁ、喉に引っかかっていたものがやっと取れた感覚！

「サッカーボールおにぎり！　……あ、へぇぇ、サッカーボールおにぎりかぁ。……ふふふ、初めて聞きました。今じゃだいぶ短くなったんですねー」

久々に興奮したけど、なぜ一つの料理ごときで興奮しているのか、不審に思われないように最後はごまかした。

魔王様とは、初めてこんなにしゃべったなぁ。

といっても、私がルシェフさんを『魔王』と認識しているとは、思っていないに違いない。向こうは『詐称』スキルで、能力値を全部隠しているつもりだろうから。

もちろん、認識していると知られたら面倒だ。だからわざわざ「あなたは魔王ですよね、知ってますよ」とは言わない。

「ふ」

魔王様が片方の口の端をくいっと上げた。

「初めて聞いたにしては、――――何度もはっきりと言えたな」

「…………っ」

今日は終始晴れていた。

とてもきれいな夕日の下で、なぜか私にだけ別の光が差し込んでいるような感覚……。魔王様のエメラルドの瞳も、その光を受けて閃《ひらめ》く。――――私を見透かすかのように。

第四章　スタンピード戦

——はっきりと正確に何度も言えたな。『異世界の言葉を』。

「…………」

どっどっどっどっ。

鼓動が速くなるのを感じた。私の笑顔は強張っているかもしれない。

いやいやいや。いや。何を動揺することがある……。

『異世界の言葉を』とは言ってない！

私が勝手にそう感じただけ。

さあ。考えてみよう。

魔王様は何を確認したかったのか。

一つ目。

そのままの意味。向こうの言葉はこの世界では言いにくい。だから舌がよく回っているねという感嘆。

（……のわりには、確認するかのように私を見ている……）

二つ目。

お前、実は転生者じゃないのか。という確認。

（……「転生者」ということは魔王様の『鑑定』を使ってもわからないんじゃないかな。私が自分

自身の『鑑定』をして職業欄、種族などを見ても転生の転の字も出てこないし)

三つ目。

全部カマかけ。何だか怪しいけど、いまいち「これ」という確信がなくて、こっちがあせって何か言い出すことを期待している。

(これが、一番ありそう。「昔使っていた言葉ですからー」とか「実は初代王が元いた世界を知っているかもしれません」とか言ったらダメなやつ)

それならばこう言おう。

「……ふふふ。……今の発音よかったですか？　ありがとうございます！」

にこにこ。

(何の解決にもなっていない……)

…………苦しいかな。冷や汗が出そうだ。失敗したかな……？　えーと。

さあ！　次はどう来る？

いや、先手必勝なのではないだろうか。
1．戦う
2．逃げる
……1って……こんな街中で戦ってどうする……。

しかも隣にいて近距離すぎる。

――――うん。逃げる、だ。

そう、この隙に逃げるのはどうだろう。

（速さの値は見えないけど、相手は魔王。……逃げるそぶりを見せただけで捕まりそう。しかも人ごみで前に進みづらい。……うん無理）

では一発殴って、隙を作った瞬間逃げるのはどうだろう。

（殴る前に捕まりそう。避けられそうだし、当たったとして彼の耐久値はいくつなんだろう。効くわけがない。逆に私の手の骨が折れないか心配。無理！）

気を逸《そ》らすのであれば彼の後ろを指さして「あっ！」と言ってみるのはどうだろう。

（『探索』、『気配探知』その他もろもろのスキルで、後ろを見ずに一瞬で解決しそう。魔王様ならたぶんこういったスキルは持っているはず。案としても何も面白くない）

そもそも。

そもそも、なぜに私は彼と二人で話すことになったのだろう。

人に追われていたから？

ではなぜこっち方面に逃げてきたのだろう。

人が多いから？

人が多いのに、なぜすぐ彼の場所がわかったのだろう――。

私がぐるぐると悩んでいると、彼は口元に薄く笑みを浮かべたまま、何かを言おうとした。

その矢先――。

ガラ――ン、ガラ――ン、ガラ――ン、ガラ――ン

街の中心にある鐘が、時をきざむ時刻でもないのに鳴り響いた。

〈──テーブル山ダンジョンよりスタンピード発生。

魔物情報、ワイルドウルフ。

魔物情報、ワイルドウルフ。

騎士団は広場に集合。

それ以外で戦える者は冒険者ギルドに集《つど》われたし。

非戦闘員は、近くの集会所へ避難を開始すること。

なお、中級のラピスラズリウルフも発生との情報あり。

繰り返す。

ワイルドウルフによるスタンピードが発生中……〉

拡声魔道具から警報が響く。

テーブル山ダンジョンでスタンピード発生──。

テーブル山ダンジョンとは、この町をスタンピードで有名にした南東にある広大なダンジョンだ。

山頂が平らになっている形の山なので「テーブル山」と名づけられた。

外から見た限りは広大とはいえないものの、中に入ると計測できないほど広い造りになっている。

さて、このような拡声魔道具を使ってスタンピード発生を知らせたら、普通はパニックになり、悲鳴が上がることだろう。他の町や村では魔物が五～六匹襲ってくると聞いただけで震え上がるものだ。

百匹単位の魔物の群れに恐怖は計り知れないだろう。

……と、普通は考える。

事実、他国や他の町から来ている人たちは不安そうにしていた。

対するここ、アーリズの町の人たちは――。

「来ちゃったね～」

「何も祭の日に来なくてもいいのにねえ。ま、いつものことだけど」

警報を聞いた瞬間に、淡々と自分たちの役割をこなす人たち。

「あ、そっち片付けとくれ。そろそろ来ると思っとったよ、わし」

「はい、どいたどいた。お、他んとこから来たのかい。だぁいじょうぶ！　すぐ終わらせてまた祭再開するからさ。集会所に一旦逃げてくれよ」

せっかく用意していた中心に置くかがり火魔道具（街中に大きな火は置けないので光魔法系魔道具）一式も一旦撤去だ。

「そうそう。ウチんとこの騎士とか冒険者は強いから。なーんも心配することないからなー」

「あ、そこの人たち！　集会所はそっちの道なりね。――それにウルフ系でしょ？　今回の祭は肉も大量に食べられるね。豪華な祭になりそうだ」

「そうそう！　六年前の祭のときに出たゴーレム系はがっかりしたよなー」

魔物は空気を読まない。祭の日に出るのも今回が初めてではない。

「せっかくの祭なのに」という悲嘆の言葉はなく、「肉がやってきた！」という楽観的な見方。

この世界では狼系の魔物は食用だ。

低級の魔物のワイルドウルフはスタンピードの常連扱いだし、Dランクでも無茶をしなければ勝てるので、毎回このくらいの反応だった。

私も、先ほどのピンチも何のその。逆にスタンピードに助けられた気持ちだ。

「ルシェフさんも一緒に戦ってくださいね。ギルドに一旦集まってください。では、また！」

やや早口に伝えて、広場中央に走り出す。

「冒険者の皆さん、ギルドに一度集まってください。Cランク以上の人！　必ず集まってくださ——い！」

魔物の襲撃時は、この町の守りを担う騎士が中心となって進める。よって騎士団が広場を使い、冒険者はギルドに集合することになっていた。

アーリズ支部のギルドが広めなのは、こういうことが多いからでもある。

先ほどとは違うざわめきの中を走りつつ、脇道に入って人が集まっているところへ向かった。

「冒険者の皆さーん、ギルドに一旦集まってくださ〜い」

「おお！　わかった！　——俺たちはツイてる！　ラピスぐるウルフは俺たちで狩るぞ！」

ラピスラズリウルフね。

肉はもちろん、毛皮の美しさ、額の宝石が高く売れるC〜Bランクの魔物。

別の町から来ていたAランクのパーティーはやる気満々だ。

（これは争奪戦になりそうだなぁ）

冒険者など戦う者たちには暗黙のルールがある。

『先に出会って仕掛けたパーティーまたは個人に、その魔物と戦闘する権利がある。戦利品の所有権も、それと戦った者にある』

というルールだ。

なので、戦闘が始まったらラピスラズリウルフ狙いの人たちは、誰よりも先にたどり着かないといけない。

私は健闘を祈りつつ、行く先々で声かけをしながらようやくギルドに着いた。

ギルドでもやることはあるけど、私はこのあとの作戦に参加するから、他の方たちにお任せする。

ギルドに来たのは着替えるためだ。私の部屋より近いので立ち寄った。

私が着いたときには、ちらほらと冒険者が集まっていた。

まだまだ集まってくるので椅子とテーブルはすでに片付けてあり、これから売り出すポーションも並べられている。

（メロディーさんもフェリオさんも早いなぁ）

すでに一仕事終えた二人を見つけて声をかけた。

「お早いですね」

「たまたま近くにいましたの」

メロディーさんの旦那さんは戦闘要員なので、祭に一緒にいたとしてもすぐ別れてこっちに来たのだろう。

そして、私が来たことを確認したギルマスは上を指さす。

「二階空いてるぞ」

ギルマスはこれから集まる冒険者たちに、スタンピード時の流れを説明しなければならない。

この町はスタンピードが頻繁に起こるので、騎士主導で町の住人とともに日頃から訓練している。

スタンピードが起こったとき、誰が何をして、どこに逃げるかはっきり決まっているのだ。

警報が始まったとき片付け出した人がいたのも、避難所に誘導する人がいたのも、私が声かけをしてギルドに集めたのも、これから門前まで行くのも――すべて日頃の訓練どおりの行動だ。

「はい、ありがとうございます」

もちろん私も現役Aランク冒険者なので強制召集で集まる要員だ。

だけど私の場合、冒険者として動く前に役割があるので、先にそちらへ行く用意をする。

二階で収納魔法から自身の服……というより装備品を出す。

ブラックタートルの七分丈のパンツ（耐久値：＋77。ブラックタートルの甲羅を砕いて糸に練り込んだもの。でも着心地はよい）と、同じくブラックタートルが編みこまれたコート（耐久値：＋100）だ。それを着て、祭のときに着ていたワンピースを収納魔法にしまう。これは特に何の項目も上がらない普通の服だった。

（こういう服ってあまり買わないから、久々にデザイン重視で買ったんだよなぁ）

冒険者のときのクセか、どうしても『鑑定』スキルで見える「＋80」とか「〇％アップ」を優先して買ってしまう。特記事項が書かれていない服はあまり買わないので、このワンピースは珍しい部類だ。

なぜ耐久値（防御力。攻撃や魔法を受けたときに耐えられる値）重視かというと、私はこの値だけ二桁の数値だからだ……。

魔力と知力と精神は五桁なのに……。

危なくなったらすぐ障壁魔法に頼ってきたからかなぁ。

劇をやっていた子供たちのほうが高いっていう……。

そして、これが一番の目玉。一定時間ごとに魔力を20％回復する腕輪だ。

故郷の家の物置にほったらかしになっていたもので、ありがたくいただいてきた。

何十年そこにあったのかわからないけど、盛大に埃《ほこり》をかぶっていたのだ。きっと腕輪も嬉しいだろう。

これで、魔力の消費を心配せず障壁魔法、治癒魔法を使える。

あともう一つ戦闘用の武器があるけど……、これから人通りの多いところへ行くのだ。危ないからまだ出さない。

走っていつもの門の前へ行く。

広場も通り過ぎた。

もう騎士たちはそこをあとにしていたけど、祭に使う光魔道具や屋台の準備が、すでに進められている。ウルフドン（ご飯の上にウルフ系魔物の肉を載せる。店によりタレが違う）が振る舞われるらしい。コメを炊き始めていた。

さっきまでは夕日で赤かった町も、日が沈んできてうす暗くなってきた。

それでも光魔法を使える人たちが、魔物が来る方向を中心に照らしているので、反対側と比べるとだいぶ明るい。城壁の上で外の様子を見張っている兵士たちの顔がわかる。

私は目的の集団を見つけた。

「通りまーす。よろしくお願いしまーす」

門前に向かい担当騎士隊長を探す。

「壁張り職人が来たぞー。道を空けろ！」

「壁職人を通らせろ！」

通るときに道を空けてくれる騎士たち。大声で私に道を譲るよう前に伝える。

いや、声かけは大事ですけどね。

やめてください。恥ずかしいです！　それに、本職の城壁修理の人たちに悪いです。

このままでは称号欄に載ってしま……!?

称号：壁張り職人
えええぇぇぇ。

「…………隊長。お疲れ様です。本日もよろしくお願いします……」

私は新たな称号に愕然《がくぜん》としながら挨拶する。

「大丈夫だ。これが終わればすぐ祭が再開される。好きなだけ踊ればよい」

隊長は何を勘違いしたのか、大真面目に元気づけてくれた。

この町の騎士・騎士見習いは、貴族の子弟や子女の他に平民出身もいる。

今回のように魔物の大群に襲われたり、領地が他国に攻められたとき（辺境地区ではないのでまずない）に中心となり活躍する。

国の大事や、他の領地の援軍などで出陣するときは、侯爵領軍として派遣される。

物理担当では前衛の剣や盾の部隊、後衛の弓矢部隊がいる。魔物には物理が効かないものもいるので攻撃魔法部隊、治癒魔法部隊（魔法職でも打たれ強さと、体力がないと採用されない）などがいる。襲来する様々な魔物に対応できるよう、たくさんの部隊に分かれている。

「今日はこの門だけでよさそうだ。他の門には集まる気配がないとのことである」

軽く打ち合わせをする。

魔物はこの門の付近に接近中。この門がそれらを引きつけている間に、他の門からは別働隊が出撃するとのこと。つまり、私の障壁魔法はこの門での仕事のみ。

門を開けるとき、魔物が侵入してこないよう阻むため障壁を立てておくのだ。

城壁内から遠距離攻撃もするけれど、それにも限界がある。魔物を城壁内に入れたくはないので、戦闘員は城壁外で戦う。そこで壁の外へ出るとき、門前に私の障壁を張っておくのだ。

そもそもなぜ、外に出てまでして戦わなければならないのか。

こんなに魔物に囲まれたなら、城内で籠城《ろうじょう》し助けが来るのを待てばいい。そう思うかもしれない。

しかしこの町は、スタンピードが起こった際にできる限り魔物を排除し、他の町に被害を出させないことを目的とした町。城壁内に縮こまっていることは許されない。

だから一匹残らず倒すために出撃する。

私の障壁は片面を何も通さない壁にして、もう片面は通り抜けられる作りにすることができる。なので、門が閉じた状態で先に「外側は何物もはじき、内側にいる者は通り抜けられる障壁」を門入り口に作り、門を開ける。

すると魔物は町に入れないけど、我々は機を見て出られるというわけだ。

門は大人十人くらい並べる広さで、高さもかなりある。それを覆う障壁を作れるのは、この町では私しかいないみたい。だからスタンピード時は、壁作り担当としてまずここに来る。

騎士が全員出撃したのち、冒険者たちつまり私たちも、城外に出て戦うという流れだ。

他のところでは、冒険者と騎士が仲違《なかたが》いしている国や領地もあるけど（冒険者時代に経験している）、この町は協力しないと命に関わるせいか、戦える者は戦う、使えるものは使う方針だ。

騎士は、敵や魔物が入り込まないよう防衛しつつ、倒すのが主な役割。秩序正しく動けるのも利点だ。冒険者は個々の力やパーティーの連携で、敵や魔物を倒して数を減らすのが得意だ。

手段が違っても、目的は同じなのでうまくかみ合っている。

しかもギルマスと、ここの騎士隊長は旧知の仲だ。

さて、そもそもなぜ私が壁を張る担当になったのか。

別に「私の障壁すごいんです」と主張したわけではない。

ギルド職員になったばかりの頃、町でキングコカトリスが空から襲撃してきた事件があった。そのとき障壁を六面の立方体にして捕獲し閉じ込めたことがあり、私の力が知れ渡ってしまった。

キングコカトリスはかなり大きい魔物で、それを閉じ込めた障壁の一面の大きさがこの門くらいの大きさだった。そのことから、スタンピード時に今回のような戦術が用いられるようになり、私が駆り出されるようになったのだ。

「第四、第五部隊配置につきました！」

「城壁部隊より、戦闘開始する旨通達！」

隊長に状況が報告される。

城壁の外では、ウオォォォン！　という遠吠えや、ぐるるるるという唸《うな》り声も聞こえ始めている。

かなり接近されているようだ。

「うむ」

頷いた隊長が皆に目を向ける。

「魔物も祭に参加したいようだが、招かれざる客は叩っ斬らねばならん！」

隊長は門前にいる全員に発破《はっぱ》をかけ、開始の合図を送った。

「戦闘開始────！」

隊長の号令で各々剣を持ち、盾を構え、魔法使いの騎士は杖を構え、後列の弓士も治癒魔法使いも準備完了。

「城門に障壁魔法！　──いつもどおり。訓練どおりだ」

前半は皆にも聞こえるよう大声で合図。後半は私に向けられたものだ。

もう何回もやっているから特に緊張していないけど、私が娘さんくらいの年のためだろう。毎回私を落ち着かせるように言葉をかけてくれる。

城門前で手をかざした。

「城門前に障壁！」

一枚の障壁を門前に地面から垂直に立てるように作る。

門に蓋ができたように見えた。

隙間ができないように城門よりやや広めに、青みがかった障壁を張って私はすぐ脇に避ける。

障壁魔法は別に正面に立たずとも、口に出さずとも、無色透明でもぱっと張れる。

しかし訓練中に隊長から、「声に出さないと、障壁をいつ張っているのかわからん」「色が着いていないと継続中なのか、既にないのかさっぱりわからん」と言われたので、声に出して着色して張ることにした。

一方通行の作りだと透明度の高い青、両面ともはじく壁は透明度の高い黄色。こんな色の決まりも訓練や実戦から定着した。

「開門！」

がらがらがらがら。

門が上に引き上げられていく。

開門に魔物が気づかなければ順に外に出撃できるけど、今回はウルフ系だ。

血の気の多い十数匹が、早くも門のほうへ全速力で向かってきた。

「門前戦闘！　弓構え！　魔法構え！」

どんどん近づいてくるウルフ系の魔物。

味方の緊張感が伝わってくる。

騎士たちの能力は平均Aランクくらい。見習いはD～Bランク並みの強さといったところ。

まず負けない強さだけど、今回はスタンピード――大量発生だ。

奥にはラピスラズリウルフという中級の魔物もいる。

気を抜けば任務失敗、継続不可。よくて周りから笑われ給金が減り、悪ければ魔物の胃袋の中だ。

祭で酒の飲み放題だった騎士たちも、酒が抜けたかのように真剣な顔をしている。

そしてとうとう足の速い数頭が、開いた門から入ろうと突っ込んできた。

その刹那《せつな》、ばんっというか、ドッという鈍い音とともに私の障壁にはじかれ、ウルフの顔面がつぶれるのを見てしまう……。

「撃てぇ!!」

ドシュ！　ビシュッ、ガスッ。ガンッ！　ブバァ！

後方部隊が弓、尖《とが》った氷魔法、水圧で圧死を狙った水魔法で攻撃。

すべて障壁を突き抜けて狙った獲物に当たっている。

うん。まさに訓練どおり。いつもどおりの障壁。

城壁の上の部隊も、弓や魔法で援護した。

ちなみにこの状況での火魔法攻撃は禁止。これから正面突破をするのに火傷《やけど》したら大変だし、街の中に炎が燃え移ったら大変だからだ。

「第一陣突撃ぃぃぃぃ!!」

隊長の声が響いた。

◆◇◇

「突撃ぃぃぃぃ!!」

号令により前衛の剣士部隊が突撃していく。

進行方向にいる、まだ息のあるワイルドウルフを盾ではじいたり、剣で急所を突き刺したりして抜き去り、門外へ突撃していく。

主目的は門外のワイルドウルフ。

立ち止まって致命傷を与えるのではなく、まず無傷で魔物の群れに取りつくことが大事。

前衛騎士が走り去った瞬間、第二攻撃を構えていた弓使いと魔法使いが、まだ息のあった魔物に致命傷を与えた。

騎士たちが次々に城門から飛び出していく中で、一連の様子を男の子たちが陰からこっそり見ている。

「今のかっこよかったなぁ」

「父さんもこれに参加しているんだ」

「俺も将来騎士になるんだ！」

どこの国でもどこの町でも、子供はこういった出撃の光景にあこがれるようだ。

私も近くで見ていて興奮気味。

しかし、かっこいい場面を見ていたのもつかの間。子供がいないことに気づいた母親たちが、我が子を叱りとばして乱暴に手を引いて帰っていった。避難指示を無視して外に出たことに怒り心頭だ。

そして、そろそろ冒険者チームの出陣も迫っている。

冒険者チームが固まっているあたりまでなら、離れても充分障壁を維持できる距離なので、私は集団の中にいるギルマスに小走りで近寄った。

騎士たちが出撃するまで、冒険者たちのスタンドプレイを許さず見張っていたギルマスに、今回も普通の低級スタンピードの流れであることを伝えた。

ギルマスは短く応と答える。

サブマスは城壁内で仕事。解体作業をするメンバーを連れて、狩ってきたウルフを解体する場所を確保してくれているはず。

門前の冒険者たちに目を向けてみる。彼らは騎士みたく整然と、とはいかない。個人または、パーティーごとに固まっている。

「ラピスウルフ盗られちゃうじゃんかー」

ぼやいているパーティーもいるけど大丈夫。

近づいてきた魔物から順次倒すのが、ここの騎士団の基本。自分たちの町も、他の町の平和も脅かしてはいけないから、目の前の魔物から倒す。放置して他の魔物から倒すようなことはない。奥にいる（さっき『探索』スキルでちらっと確認した）ラピスラズリウルフは、まだ相手にしてないだろう。

（門から出たら一目散に奥に向かってください）

そう思っていたら、ぼやいていたのは『羊の闘志』の唯一Bランクである彼。ゲイルさんだった。

六名全員いる。男性四人、女性二人のメンバー構成だ。

「もうちょっとでAランクなのにさー」

あともう少しでAランクになるとやきもきしているゲイルさん。

「バカだね。その辺のウルフ倒しても、ラピスのほう倒しても、今回一律20ポイントだよ」

獣人の血が混じっているからか、軽々と斧を振り回せるマルタさん（発音はマルタ）。男性より女性から人気を集めている背の高いカッコイイ女性だ。

スタンピードでも低級、中級、上級の程度によってランクポイントが変わる。今回は低級のスタンピードだから、参加者全員仲良く一人20ポイントとなっていた。

ただし、お金の面では倒した魔物をギルドで買い取るので、それに応じた報酬が入る。まぁ、大量に仕入れることになるから値崩れはするけど。

「なー、シャーロットー。高ランクの魔物がたまたまいても、20ポイントなのか？」

「今この状況で、たまたま大物が出た場合ですか？　どの程度の高ランクの魔物かによりますけど。スタンピードの余波で、出てきてしまったというなら、加算されないですよ」

「ふーん。ま、いーや。出てきたやつ、ぶっつぶせばいーんだもんな」

まだ二年しか参加してないけど、低級スタンピードで上級の魔物も一緒に出たということはない。わざわざ低級の魔物であふれているところに来ないのではないかな。

「いい加減にしろ。そんな浮かれていたら失敗するぞ」

そんな軽口を言っていたゲイルさんに、怒りが交じった声で叱り付ける『羊の闘志』のリーダー。

「お前ぇみたいに、そろそろAランクになりそうなやつがな、油断して取り返しのつかねぇことになるんだ」

「…………」

言葉の重みが伝わり、ゲイルさんは黙りこくった。周りにいる他のパーティーも、空気を感じ取り静かになった。

出撃前に少し重い空気が漂う中、一人が割って入る。

「ああ。『羊の闘志』のリーダーの言うとおりだな。――お前ら！　今回もいつもどおりだと油断しないで、確実に魔物をしとめてくれ！」

「……お、おお!!」

ギルマスがこの重い雰囲気を一気に戦意に変える。

これで、そろそろランクアップ間近な人たちも、いつもどおりの出撃で少しだれていた人たちも、気を引き締めたことだろう。

リーダーが出撃前にすまないとギルマスに謝り、ギルマスは何でもないことのように手を振った。

「おっしゃ、出るぞ！　お前ら！」

「うおおおおぉぉぉぉ!!」

次々に私の障壁を通って、門外へ出る冒険者たち。

冒険者が外に出るときは、ランクが高い人たちが先に出る。それが暗黙の了解になっていた。

それでも私は最後に障壁を消す作業があるため、門の脇で待機だ。

(そういえば、魔王様見なかったな)

参加しないいつもりなのかな。

魔王様の『隠匿』系スキル（だと思う）で、私には『探索』を使っても位置が認識できない。

(……あとで探してみようかな。戦っているところを見れればいいな)

高ランク（と言うのもはばかられるけど）の人の戦い方は、見ていて参考になるし。

冒険者たちが全員出たあと、私も城門から外に出る。

城門前には、お馬鹿な魔物が転がっていた。障壁があることに気づけなかったのだろう。全力で走って、障壁に阻まれて激突し、鼻や顔面がすさまじく痛かったんじゃないかな。このとき死んでなくても、騎士部隊の出撃時の攻撃で結局は絶命した。

全員出たあとは、衛兵さんたちがそれらの魔物を引っぱり込み、門が閉まる。

城門が完全に閉まってから、私は門にある障壁を消した。

（さて城門も閉まったし、冒険者たちも皆前方に行った）

比較的人目につかない場所に来た私は、やっと自分の武器を収納魔法から取り出した。

『普通の包丁』

名前がとても普通だけど変わった効果がある、というわけではない。

何の変哲もない、特に解体するときに使う包丁だ。

近接戦闘に使おうと思う人は稀だろうし、ギルドの解体チームに見られたら怒られるに決まっている。

だからギルドにいたとき出さなかった。

しかし私にとっては、唯一の近接戦闘用の武器。今日はこれで戦う。

今まで収納から出さなかったのは、門前にいっぱい人がいたからだ。包丁が人に刺さったら大変。

それに、魔法使いが包丁を持ってうろうろしていたら絶対怪しまれる。

ではなぜ、人目に付かないところに来たのか。

――これから一人でひっそりと戦おうと思ったから。

なぜ包丁で戦おうとしているのか。

――自分の「力」と「耐久」の値を上げるため！

なぜ一人で戦うのか。

――見つかったら「余計なことを考えず、自分のできることをしろ」と怒られるから（正論ではある）。

そう。今回のスタンピードの個人目標は、この包丁を使って私の能力値で一番低い「耐久」と二番目に低い「力」を上げることだ。

自身の魔法をさらに強化すればいい、と思うかもしれない。魔法特化型なのだから、元々持っている障壁や治癒を強化するほうが有益だと思うだろう。けれどもこういう低級スタンピードだからこそ、最底辺の能力値を上げる絶好の機会。

能力値を全部均等にしようとしたら、器用貧乏になるかもしれない。もちろんそこまでするつもりはない。ただ、低すぎる値を少しでも上げておきたいのだ。

ちなみになぜ、剣や槍ではなく包丁なのか。

――剣だと重すぎて使えなかった。

槍はさらに重く長さもあるので、振り回そうとしたら槍に振り回された。

斧なんて重すぎて論外だし、ハンマー系も同じ理由。

ならば包丁に近い短剣は？

短剣を買うなら他に用途がある包丁のほうがいいよね、ということで節約のため包丁にした。

さて、もう夜だ。

ここは人目に付かず、光魔法で視界が利く。一匹のはぐれワイルドウルフがいた。というか『探索』で確認して近寄った。

当然向こうも気づく。こっちに猛スピードでやってきた。

私を傍《はた》から見ると、小柄で細めでおいしくはなさそうだけど一噛みで殺せそうだ、と魔物は思うらしい。

弱そうなものから殺すのは当然だろう。

脇目も振らず走ってきた。

ここで障壁魔法は使わない。我慢すれば耐久値が上がるかも！

たたっ――――ダダダダッ。

さぁ。我慢だ！

怪我しても自分で治せばいい。

――――ダダっダダダダダダダ。

もう、あと少し。

包丁で受ける！

ギリギリまで踏ん張れ私。

しかし、いやい……や……や…………。

「ぃやっぱり、無理」

ばいーん！

結局、私は障壁を出してしまった。前後左右と真上。足元以外は隙間なく自分を囲う。

それによってワイルドウルフがはじかれた。

やっぱり無理だよ。

致命傷になったらどうする。近くに誰もいないんだし。

――しょうがないから「耐久」はあきらめて「力」を上げる努力をしよう。

障壁にはじかれた衝撃により、すぐに立てないワイルドウルフに近づいて、包丁でとにかく刺す。

障壁はそのまま。内側の私からは攻撃ができて、外側からの攻撃は完全にはじく構造にする。

「ていっ」

さくっ。

私の力が足りないせいか、包丁の先が皮に刺さった程度になってしまった。

ぐおおおお！！

ちくっと刺さったことでウルフはとても怒っている。爪を立てて襲いかかってきたので、手を障壁内から引っ込めた。障壁の外側がまた、ばいんとウルフをはじいてくれる。

障壁は私を囲むように作っているので、どこから襲われても大丈夫だ。

――ふう。

（やっぱり自分の障壁内は落ち着くなぁ）

攻撃されても中まで届かないというのがいい。安全安心。

しばらくお茶でも飲んでいたいところだけど、向こうからわざわざ襲いかかってくれたのだ。

私は包丁を掴んだ手を胸元で構え、大きく力をためて、一気に突き出した。

この勢いでざくっと刺す予定だったワイルドウルフは、一瞬でさっと避ける。

私の包丁は空振りするかと思いきや、その勢いのまま、すぽーんと自分の手から滑り抜け放物線を描いて落ちていった。

「………………」

しょうがないから、落ちた包丁を取りに行く。もちろん、私の歩調に合わせて障壁ごと移動する。

ワイルドウルフは私を殺すために、先に障壁を壊そうとしているようだ。牙や爪を立てて障壁にまとわりつく。唸っているのでやかましいけど、一人と一匹で一緒に包丁のところまで行った。

「あった」

一直線に包丁が飛んでいったのですぐに見つかった。それを拾おうとしゃがみ込む。

もちろん怒り狂っているウルフは、ぐるるるる！　と唸りながら、がりがりがりがり、キ――ィ！　キ！　と障壁を引っかく。

耐え難い音だ。

顔を顰《しか》めていたところ、周りの人たちにとうとう見つかってしまった。

「壁張り職人ー！　大丈夫かー⁉」

心配した表情で、周辺の見回りをしていた騎士たちがやってきた。

私が包丁を拾うためにしゃがんだからだろう。まるで、襲われて縮こまっているように見えたのかもしれない。不快な音で顔もゆがめていたし。

「このっ」

ザシュッ。

騎士の一人が全く危なげなく、とても軽く見える一撃で、あっさり倒してしまった。

「……すみません」

複雑な気持ちだけど、わざわざ来ていただいて申し訳なかったので謝った。

「なぜこんなところで一人でいる」

じっと見られ問いただされる。

まさか、一人で遊んでいるように見られたのだろうか。ま、全然違いますとは言い難いけど。

「ちょっと見回ってたんですー。で、離れたら……ははは。あ、皆さんに治癒魔法かけときますね」

ごまかしつつ、お礼もかねて治癒魔法をかけた。

「〝きゅあ〟」

近くにいる全員にかかるようにする。

魔法は決まった呪文はなく、かける人によってイメージしやすい言葉を出すことが一般的。もちろん黙って使う人もいる。気合を入れて使う人なら、「〝うおおお〟」と呪文を叫んで治癒魔法を使う。

私の場合は、〝きゅあ〟。

治癒魔法は小さい頃から使っている。まだ前世の記憶が強く残っていたので、回復としてしっくりくる言葉を今も定番の呪文として使っている。前世の言葉で周りには聞きなれない言葉だけど、呪文は自由だ。それに〝うおお〟〝キエェェ〟と同じ系統だと思われているのか、特に追及されたことがない。

「それでは、他に怪我している人がいないか回ってきます」

他にも見回るところがあるだろうに、私にかかずらわせては申し訳ないので、早々とここを去る。

「誰かつけよう」

「いえいえ！　人のいるところを回るので、大丈夫ですよ」

戦っている人数の多いところへ走ることにした。

――やっぱり包丁は包丁なんだよね。別の方法を考えよう。

ところで。

「壁張り職人」呼びは、騎士の中で浸透しているのだろうか。もっとかわいい称号がよかった……。

さて、どうせなら奥に行ってみよう。『探索』で魔王様が引っかからないのは残念だけど、奥には怪我人もいるかもしれないし。

「力」と「耐久」の数値改善はもう中止にし、バックアップに回ることにした。

日々のたゆまぬ特訓のほうが、上がるのかもしれないし。

でも毎日腕立て伏せは面倒だなぁ……。

奥へ向かう途中、治癒魔法が足りてなさそうなところに行って〝きゅあ〟をする。

でも、皆気をつけて戦っていたのだろう。ひどい怪我をしている人はそれほどにはいなかった。

片付けて城門に向かおうとしている人もちらほら見える。

ま、いつもと同じスタンピードだしね。

でも、『探索』によって奥のほうにまだ人がいるのがわかったので向かう。

ザシュッ。

「これで終わりだぜー」

あっという間にラピスラズリウルフを倒して、掃討《そうとう》戦をやってくれていたらしい『羊の闘志』の面々がいた。

「今日はよくお会いしますね」

「おう、シャーロット。こっちに怪我人はいねぇぞ」

よかったよかった。

ゲイルさんは物足りなさそうだったけど、またリーダーに睨まれたくないのか、余計なことは言わず撤収作業に入っている。

私もその辺に何もいないか、確認のため『探索』スキルで確認した。

（さっきも見たからいないと思うけど。……？　……あれ？）

「……まだいる、な」

『羊の闘志』で、一番感覚が鋭いメンバーも気づいたらしい。

さっきまでいなかったはずの場所に何かいる。

『羊の闘志』は皆でその魔物の元へ向かうことにした。

ついでに私も一緒に向かう。『羊の闘志』たちは、私がAランク冒険者であることも知っているので、「危ないから」などと止められることはなかった。

近くに行くと、今までずっと捜していた人物を見つけた。

「あ、ルシェフさん…………。……!?」

魔王様を見つけたのは嬉しかったけど、彼と相対する魔物を見て私はびっくりした。

「何だこいつは――」

とリーダー。

「こんな魔物、見たことないね」

こちらはマルタさん。

メンバー全員その異様な……いや不思議な様相に驚いている。

私はすごく魔物に詳しいわけではない。でも、一応『魔物図鑑』は全頁読んでいる。こんな見た目なら覚えているはずだ――。

その魔物は、実に単純な形をしていた。

何と説明すればいいだろう。

人型のような…………だけど、シンプルすぎる。

この世界にもクッキーに近いお菓子があって、人型をしたものがある。そんな人型クッキーの形の首部分をなくしたような……。なで肩に近いというか……。もちろんクッキーより厚みはあるのだけど。…………形自体はかわいいかな。

そしてずん胴。

手も、あまり複雑な形をしていないように見える。

顔は目のようなものはあっても、鼻と口が見当たらない。耳は……わからない。

さらになぜか身体が青白く発光している。

そして腕から肩、胸にかけて濃い青の模様みたいなものが浮かんでいる。

生きていると思うけど、仁王立ちで動かない。

大きさは、私の部屋のドアくらいの身長。

私の部屋のドアというのはとても普通で、私が立って腕を真上に上げて、爪先立ちで指先が付くくらい。

とりあえずこの見た目ではあまり強そうに見えない。

「よっしゃー、やってやるぜ！」

先行していたゲイルさんが、その得体の知れない魔物に突っ込んでいく。

「……やめろ！　不用意に近づくな!!」

リーダーが止めたけど間に合わなかった。

――敵の肩の模様が青く光ったと思ったら、手のひらの大きさの岩のようなものが突然無数に現れた。そして、こちら目がけて高速で飛来してくる。

それは目にも留まらぬ速さで全員に襲いかかり、数個は私のところにも向かってきた。

いつもどおり、はじ……かずに霧散《むさん》した。

ずっと張りっぱなしだった私の障壁に届く前に、謎の物体は散ったのだ。

――――粉々に。

「……？」

なぜ粉々に、と不思議に思っている暇はなかった。

「……っが、ぐっがあぁぁぁ、っぅぅぅ……!!」

ゲイルさんが、苦痛の叫びと呻き声をあげて、血を流して倒れていたから。

◇◆◇◇

「……っぐ、ぐっぅぅぅぅっ!!」

ただ事ではない呻《うめ》き声に、私も皆さんと一緒にゲイルさんの元へ走る。

私はたどり着いて絶句した。

彼の左腕上腕が、先ほどの岩攻撃を受けて抉《えぐ》れ、皮一枚で繋がっていたから。

「…………!!」

（ぴえぇぇ！　い、いたいぃ！　…………いや、私は痛くないんだけども……！）

「くそっ!!　おいっ止血しろ！」

『羊の闘志』のリーダーが、すぐに行動に移す。

仲間の一人が紐で彼の上腕をきつく結び、止血し始める。

私は何もせず、ただ突っ立っていた。

「しっかりしなよ！　………腕だけで済んでよかったと言うべき……だね」

マルタさんの言うとおり、彼は確かに油断してかなり先行していた。正直……即死かな、と思った。でも何とか避けていた。

あのとき、一直線に岩みたいなものが飛来。

けれども持ち前の速さと、彼の持つ『体術』『身体強化』スキルが相まって、全力で胴をひねって腕一本で済んだようだった。

攻撃が速すぎて、障壁魔法を使う余裕もなかった。

急ぎ『探索』スキルで腕を繋げられそうな治療院の人を探す。

（いるけど……）

腕のいい治療院の人は、今回も参加していた。けれど、いかんせんスタンピードが終わりに近づいていたせいか、すでに全員城門あたりまで下がっている。

それに急いでここに来てもらうにしろ、ここから急いで町に戻るにしろ、目の前に得体の知れない魔物がいる。

この魔物は、まず種類がわからない。私の『鑑定』では種類の項目が消えている。

現時点で見える数値は――。

体力：５３４７９
　力：７０５５
耐久：８９９０

一言で言えば、相当な強さということ。

今戦うことに意味はないので、逃げることを考える。

魔物はさっきから動かないから、逃げられるかもしれない。でも、逃げられたとしてもここから町までは遠く、時間がかかる。

人体の修復は、時間がかかればかかるほど、治りにくくなる。

ゲイルさんはせっかく致命傷を回避したのに、運は尽きてしまったのだろうか。

彼をすぐ助けられそうな人なんて、……今、魔物と対峙している魔王様くらいしか…………。

魔王様を『鑑定』しても相変わらずちかちかした記号の羅列だ。魔法やスキル欄なんて、これっぽっちも見えない。けど、治癒魔法を持ってないはずないし……。

いや、持っていてもだめだ。この魔物の相手をできるのは魔王様しかいない。

魔物自体はさっきから動かず直立不動だ。魔王様が何かしているのかなと思ったけど、こちらから窺《うかが》い知ることができない。

問題はあの魔物からの攻撃だ。

ちらりと魔物を見ると、また肩の部分が青く光り出し、さっきと同じ攻撃を仕掛けてきた。

また攻撃が来る……！

でも大丈夫。私たちはうっすら白いドーム型の障壁に囲まれているから。

先ほどと同じように、このドーム障壁のおかげで、投げつけられた物体が粉々に砕ける。

私の障壁魔法ならば、粉々にならない。はじかれるだけ。

他の人はこんな魔法使えないから、当然誰が張ったのかわかる。だから魔王様にはそれに集中してほしい。

じゃあ、他に治癒魔法を使えるのは？

『羊の闘志』のメンバーにもいるけど、治癒魔法をかけていないということは、腕の修復まではできないということなのだろう。

じゃ、じゃあ。私は？

年季の入った治癒魔法とは言わないけど、障壁魔法と一緒で長く使ってきた。しかし、…………ほぼ切断状態の腕の修復……。

これが知らない人なら、住んでいる町じゃなかったら。「私やります」と言って治癒魔法を使い、結局駄目だったとしても、それで負い目を感じればその町から逃げればいい。

でも、私はこの町に住んでいるし、彼ともよく顔を合わせる。最近は確かに、そろそろAランクに昇格しそうと言って、浮き立っていたかもしれない。でも目標に向かって頑張るのはいいことだし、見ている人だって、私だって応援したくなった。

彼の明るい雰囲気が、ギルドになくなるのは悲しい。

しかし、同じ町に住んでいるからこそ、失敗したら彼とは顔を合わせづらい。

ただ今のままでは、彼の腕は絶対元どおりにはならない。

（私は…………………………）

「ルシェフさん！」

私はこの障壁を張ったであろう、かの魔国の王にお願いした。

「すみません。こちらの障壁しばらく張っていてもらえますか……？」

「片付くまでそこに入っているがいい」

さっきから一歩も動かない敵と同じく一歩も動かない魔王様は、静かにすばやく応えてくれた。

私はリーダーに向かって一生懸命に言う。

「……今から治療できる人を探しても、もう皆さん撤収しているはずです。間に合わないです。でも、少しの可能性でもよければ今からやります」

リーダーどころかゲイルさん以外のメンバー全員、私に注目した。

「私が…………！」

同時に驚いた顔をした。

リーダーは、私が腕を修復できるかもしれないことは知らなかっただろう。知っていたらすぐ私に頼んだはずから。

そして、今まで治癒魔法をかけてほしいと言わなかった理由は簡単。人体に大きく切り離されてしまった部分がある場合、結合できる人以外が治癒魔法をかけると、後にくっつかなくなる危険性があるから。治癒魔法で切断面を蓋してしまう感覚に近い。

――――リーダーは、今のこの状況を考えているはず。

謎の魔物が、岩の雨あられ攻撃を一切やめないこと。ここにいる全員は、その魔物と対峙しているルシェフなる人物が作った障壁に守られていること。

「ただし、たとえ繋げられても結局動かなくなるかも」

リーダーは私を見ている。

「本当は当人に決めていただくほうがいいんですけど………」

私だってこれでも大いに悩んだ。

堂々と「治せます！」と言える立場じゃないし。

でも実際ここからではあの魔物がいなくても、全速力で帰ったとしても、腕を治せる人のところまで間に合わない。

切れかけの腕側が、完治するには時間的に持たない。そう『鑑定』結果が出ているから。

――どうしますか。

……ゲイルさんの運は攻撃を避けたときに尽きたのかもしれない。

治療院の人間ではない、ギルドの受付をやっているど素人が、治癒魔法で腕をくっつけることになったのだから――。

リーダーは『探索』持ちの仲間（『探索』スキルは斥候《せっこう》担当なら基本持っている）に、本当に周りに人がいないか確認し、いないことがわかるとぱっと決断した。

私は再度、治癒魔法を使っても完全修復が難しいかもしれないことを伝える。リーダーは仲間の顔を見て、そのあとゲイルさんのほうを見ながら私に頼んだのだ。

治癒魔法をかける前にまず準備。

それは分厚い『人体の図鑑』一冊。

私は収納魔法の中からその一冊を取り出した。たぶんこれが必要だと思う。

急いで腕のページを探す。

さらに『探索』スキルを彼の腕中心に局所的に使って、『鑑定』スキルももちろんフル活用。

（骨からつなぐべき？　神経？　血管？？）

わからない。わからないのでとにかく同じ骨、同じ血管、同じ神経、同じ筋肉組織同士、『鑑定』スキルと『探索』スキルで全部まとめて一緒に治してみよう。

私が図鑑をぺらぺらめくっている間に、魔法使いさんたちは明かりの準備だ。

そして、なぜか押さえつけられているゲイルさん。

――よくわからないけど、始めてしまおう。

右手を彼の腕にかざして、いつもの呪文を唱える。

「〃きゅあ〃……！」

彼の腕回りが輝き出した。

（お、おぉこれが同じ骨！　血管、神経……なるほどなるほど）

『鑑定』と『探索』の局部使いを初めてやったので、新しい感覚だった。

同じ骨はどこですかと『探索』で捜して、それはここですよと『鑑定』が教えてくれる。

雑菌のようなものがあっても、取り除こうと思うだけで治癒魔法がやってくれる。切断前と同じ状態にしたいと思えば、同じ組織同士が、足りない部分を補いつつ元どおりにくっついてくれる。

なぜ飛び散った肉片なども作り出しているかは謎だけど、そういうものだと納得しとく。

しかし、神経を繋げ始めたとき――。

「ぅあああぁぁぁ！」

彼は激しい痛みに叫び声を上げた。

「痛い」と言えないほど、尋常ではない苦痛なのだろう。悲鳴を聞いていてかわいそうになった。

（麻酔を忘れてしまった……⁉）

麻酔を念頭に置いたとしても、持ってなかったのでどうしようもなかったけども……。

だけど、このまま治癒魔法を続けていてよいものか。

治癒魔法を始める前に彼を押さえつけていた面々は、この状況でもしっかりと彼を動かないように固定してくれていた。

（治癒する前に固定していたのって、こうなることがわかっていたからかな……？）

「おい！　動くんじゃねぇ！」

「しっかりしな！　腕とさよならするよりマシだよ！　動かずじっとしてるんだよ！」

それは難しいのでは……。

力が強い人たちでゲイルさんの足、手、肩、腹などあらゆる部分を押さえつけている。女性魔法使いさんが「煩いし舌を噛んだら大変」と口に布を突っ込んで静かにさせていた。

この扱い………。いや、これで集中して治せるけど。

「麻酔持ってなかったので、悪いことしてしまいました。激痛ですよね……」

右手を動かさなければ、治癒魔法使用中も話せる。

「ん？　ますいって何じゃ」

（え？　この国になかったっけ？）

「ビリビリ草から作られる麻痺《まひ》にするやつかい？　あれだって身体が動かなくなるだけで、痛みは感じるみたいだよ」

「……痛みを感じないようにする薬ってないんですか」

前世の記憶と混じっちゃったかな。

「聞いたことねぇな」

ゲイルさんを軽々押さえているかのようなリーダーの声。

「昔から腕でも足でも、くっつけるときは痛いもんじゃ」

そうなんだ……………。

――痛いのは今だけ。

――これで腕をなくしたら一生後悔する。

――お前より年下の子が度胸を見せたんだ、お前も見せろ。

――Aランクになりたいなら我慢しろ。

仲間から励まされつつも、脂汗とか涙で顔が大変なことになっているゲイルさん。

彼の名誉のためにあまり見ないでおく。腕に集中しないといけないし。

とりあえず仲間の皆さんから「痛がらせるんじゃねぇ」と、蹴られることはないみたい。

私は治癒魔法に集中して何とか早めに終わらせたいけど、これ以上早くは無理。……本当にごめんね。

しかし、この世界ではそこまで医療は進歩してないのか。やっぱり、まず怪我をしないことが大切なんだな。

耐久値を上げるためといえど、あのときワイルドウルフの攻撃を受けていたら洒落《しゃれ》にならなかったのかも。

やめよやめよ。短所を無理に改善するのは。

やっぱり長所を伸ばすべきだもんね。

治しているあいだ、リーダーはゲイルさんを押さえつつ状況を説明してくれる。

「彼の障壁もすげぇな。攻撃を受けても粉々にしちまう」

粉々はすごいですよね。あるいは速さがあるからぶつかった衝撃で砕け散ってしまうのか。

——お、神経はもう全部繋がったかな。

「さっきから攻撃もしているのにヤツには効いてねぇようだ。……何だろうな、この違和感。……まさか本気で戦ってねぇとか、言わねぇよな」

魔王様は、遊んでいるということですか。見た目はかわいいけど凶悪な魔物と。

…………ありそう。

「しっかし双方動かねぇな」

この魔物は動けないのだろうか。しっかり立っているように見えるのに。

——そもそも、魔王様がさっさと倒さないのが怪しい。もしかして……。

リーダーが実況中、私も考えを巡らせたけど、大きな治癒魔法のせいか魔力が足りなくなってきていた。

魔力回復の腕輪があるのに、消費が早すぎて間に合わないみたい。

気づいてよかった。二割以下になっている。

腕輪がなかったら、私が気絶していたところだ。

右手で治癒魔法を継続し、左手で収納魔法を使って魔力回復ポーションを出す。

「すみません。どなたか開けてくれませんか」

痛みでのたうち回っていたゲイルさんは、気絶したのか静かになっていたので、近くにいた人に蓋を開けてくれるよう頼んだ。

気絶できるくらい痛みが引いてよかった……。

顔もきれいに拭いてもらったらしく、先ほどよりさらっとしている。

「これ、ゲイルのだから好きなだけ飲みな」

そうマルタさんが開けてくれたのは、ゲイルさんの魔力回復ポーションだった。

そういえば彼、『魔力を力に変換』スキルの練習でたくさん持っているんだっけ。

自分のポーションを収納し、もらった魔力回復ポーションをありがたくいただく。

遠慮なく三本をとりあえず飲んだ。

自分でも驚くほど元に戻っていく彼の腕。

時間はかかっているけど、かなりきれいに治せているのではなかろうか。

——そして、見事彼の腕を修復した。

◇　◇　◆　◇

「状態異常：なし」

うんうん。

見た目もきれいに繋げられたのではないかな。

『鑑定』スキルでも特に問題なさそうだ。

「腕をくっつけるなんざ…………かなり高度な治癒を使えたんだな」

自分でもびっくりしています。

「これで安心しないで、必ず治療院で診てもらってくださいね。あと、後ほど違和感があれば教えてください」

『鑑定』で問題なくとも、何といっても素人がやったのだから、本職の人に診てもらってほしい。

そして何かあったら遠慮しないで言ってほしい。私も知っておかないと次に繋がらないから。

私の魔力は10しか残ってなかったので、ポーションを飲みながら話す。

また遠慮なく三本もらった。

ポーションを飲んだときに、今まで私たちを守ってくれていた魔王様が、目だけをこちらに向けた。

安心していたせいで、治癒魔法が終了したことを伝えていなかった。

「すみません、もう終わりました！」

私がそう言おうとした瞬間、とうとう見えてしまった。

魔力：９９９９９９

魔王様の「魔力」。
「9」が七つもあった。
いち、じゅう、ひゃく、せん、まん、…………ひゃくま……。
およそ一千万の「魔力」。
え。
見えた……？
瞬間、彼は片手をすっと上げた。
ただ、すっと持ち上げただけ。
彼は先ほどまで、目の前の謎の魔物と探り合うように戦っていた。
でも、私の治療が終わるのを待っていたかのように、突然この戦闘を終わらせた。
本当に一瞬。
ここからでもかすかにしか聞こえないような、小さい風の音がした次の瞬間。
――ズパァンッ!!
すさまじい音がした。
魔物の首が飛んで胴とさよならした音だった。
周りの木々も、まるで伐採されていくかのように倒れていく。
「……………」
全員、その音を聞きながら何の言葉も発せなかった……。
呆然とただ見ていただけ……。

魔物は力を失って横転し、飛んだ首も地面に落ちて、身体から青く発光した体液が流れ出していた。

見たことない体液を凝視するも、それより気になる彼の魔力の残量を確認する。

……何も変わっていない。

……！　いや…………！

魔力：９９９９９８９

よく見ると下二桁の数値だけが変わっている。

魔力が10しか減ってない。

（私、治癒魔法使い終わって魔力残り10だったのに……）

ま、自分と比べても、全くもって無意味だけどね。

「……はっ……………本当にSランクか？」

我に返ったリーダーがつぶやく。

ルシェフさんのことは知っていたんですね。

まぁ、Sランクの存在は目立つ……か。

魔王様は収納魔法で魔物の死骸をしまったようだ。

血（？）の一滴も残さず収納した。

あの魔物はよっぽど強く発光していたらしい。消えた瞬間あたりが暗くなった。

「この件はこちらで調べる」

この場にいる全員に聞こえるようにルシェフさんが言った。

こちらということは、ディステーレ魔国に持っていくということでしょうかね。

「な、何……？」

『羊の闘志』のリーダーは、いきなりいろいろなことが終わって頭が追いつかないようだった。魔王様はそれには返答せずに、踵《きびす》を返してしまう。

待って！

「ま、ルシェフさん！　ありがとうございます。私の治癒魔法が終わるまで、障壁張って、待っててくれたんですよね」

去ってしまう前に、障壁のお礼を言わなくては！

それはリーダーも同じで、私のあとに続く。

「そ、そうだ……！　こいつのパーティーリーダーとして礼を言わせてくれ！」

「礼はその娘に言うことだ」

魔王様は一方的に言って、風に乗ったかのように、さあっと去っていく。

あっという間に闇に溶け込み見えなくなった。

倒してから去るまでが早い。

「……魔国のSランクって皆あんななのか。威圧感が…………すげぇな……」

いえ、魔王様なのでランクを超えた存在ですね。

って、すごい汗ですよ。仲間のこと、気が気じゃなかったですものね。

でもそっか。この魔物の前兆があったから、まだこの町にいたんだ。きっと。

じゃ、私に何か含みがあったように聞こえたのも、きっと気のせいだったんだ。

……誰だ。祭のとき戦って逃げようとしたの。

私か……。

いろんなしょうもない案を考えていたけど、全部無理。戦うなんておかしな発想だった。早まらなくてよかったー。

私なんて、彼の鼻息で余裕で吹っ飛ぶところだ。

——はて。気づいたら、『羊の闘志』リーダーが私に頭を下げていた。他の人も。

どうしたの？

「彼の言うとおりだ。ありがとう、シャーロット。強制召集だから治癒魔法は料金がかからないといっても、今回は礼を渡したい。もらってくれ」

スタンピードなどのギルドの強制召集の場合、治癒魔法も召集での仕事の一環として扱うので、特別な報酬はない。

だけど、リーダーは個別に支払うと言う。

いやいやいや、まだ経過観察が必要ですよ。

お金を出そうとしないでください。

まだゲイルさんも起きてないし。『鑑定』では大丈夫とあるけども、腕がちゃんと動くか確認できていません。

謝礼を出される前に、急いで代案を言う。

「あの。お金はいらないんで。そのお金で口止めさせてください。今回の治癒魔法を、誰にも言わないでください」

『羊の闘志』の皆が不思議そうな顔をする。

「治療院の人に知られたら大変です。素人が高度な治癒使ったなんて、怒られてしまいますよ。好意的に見られたとしても、勧誘されたくありません」

ダンスの誘いがやっと終わると思ったのに、今度は治療院から勧誘が来たら仕事に支障をきたす。

ま、治療院関係者でないと、高度な魔法を使ってはいけないとは聞いたことないけど。治療院がどういう反応するかわからないし。

とにかく、今回のことは治療院関係者に知られたくない。

治療院に誘われて手伝ったとして、また切断部を繋げるなんて嫌だ。

麻酔がないなんて、痛くてかわいそう。もう見たくない。

私の要望を聞いた面々は、皆ちゃんと黙ってくれるみたいだった。冒険者をやっていると、口が堅くないといけないときもあるからね。

そして、私たちは町に帰った。

ゲイルさんは意識が戻らなかったし、繋げたばかりの腕がぽろっと離れたら嫌なので、左腕に負担がかからないように運んでもらった。

つまり、お姫様抱っこで帰ってもらった。

力自慢のマルタさんに。

すごく役得なのに、彼は気を失っているという残念さ。

逆お姫様抱っこは見ていてインパクトがあり、ゲイルさんはマルタさんファンからしばらく睨まれることとなった。


——夜、どこの町よりも遅れて祭が再開された。

でも、内容はきっとどこよりも豪華。

町中に肉が振る舞われ、いいにおいが立ち込めたから。

座っていたら、ゲイルさんからダンスのお誘いがあった。しかし私の返事は当然こうだ。

「ついさっきまで腕が取れていたんだから、安静にしてください」

そう怒ったら、すごくしょぼくれて去っていった。

彼の仲間たちがおかしそうにしている。いつもの光景が、祭の明かりと重なってキラキラして見えた。

けど、何ですぐ動こうとするのか。

ぽろっと落ちたら洒落にならないのに。

あのあと、目覚めた彼から、腕がいつもと変わらない感覚だと言われて、すごくほっとしたのは私なのだ。

あと、激痛の件で怒鳴られるんじゃないか、心に傷は残ってないか、と思ったけど杞憂《きゆう》でほっとした。彼はいつもと変わらない態度、……いや、やや目を煌《きらめ》かせていた。勘弁してほしい。

——本当によかった。

実は、腕とか千切れた部位治すのって……初めてだったんだよね。

……ええ。初めてでしたとも……。

普通の怪我はもちろん治したことがあるけど、修復については自分でもちょっと自信がなかった。でも今回は治癒魔法に加えて、元々ある『鑑定』『探索』スキルも使った。人体の図鑑も持っていたし、腕の治療ならいけると思ったのだ。

リーダーに聞かれなかったから、初めて修復治癒することを伝えていなかった。だから、口止め目的でお金を受け取らないと言ったのは建前。ど素人の初の修復治癒では、お金を受け取るのが申し訳ないというのが本音だ。

何だかまたゲイルさんが人体実験の被験者みたいになってしまったけど、結果よければすべてよしって言うし。

うんうん。黙っておこう。

◇◇◇◆

——しかし、後に自分で気づく。

患者が痛がるのを知らなかった時点で、彼ら『羊の闘志』は薄々感づいていたようだ。「私が初めて修復治癒を試みている」ことに。

ある日ふとそのことに気づいてから、いつ『羊の闘志』の面々が「ふざけんな！　仲間を実験に使いやがって！」と襲いかかってくるんじゃないかとドキドキすることになる……。

後日、今回の謎の魔物の外見について、私が代表して絵を描いた。

ほら、『羊の闘志』さんたちは戦闘特化型だから、まだ私のほうがうまいと思うし。何より私には『美文字』のスキルがあるのだから。

絵と文字は関係ないかもしれないけど、『美』がついている。他の方々が描くよりうまく描けているはず。

その皆さんも目撃者なので、一緒に二階で報告する。

「結構よく描けたほうですよー」

じゃーん、とばかりに自信満々に描いた絵を出してみた。

「…………………」

はて？　何この沈黙。

「シャルちゃんや。これはお菓子かい」

魔物のシンプルさのせいか、サブマスには私の画力を疑われてしまった。

「ん？　……んー。この単純な姿形は似てねぇわけじゃ……？」

リーダー。そんな歯切れの悪い言い方。

ほら、この発光している感じや、丸みがあるけど硬質な肌とか、腕の模様とか。雰囲気出ているでしょ。

ガタン！

ゲイルさんが突然立ち上がった。

…………はっ！　申し訳ないことをしてしまった。

きっと、まだあのときの恐怖を忘れていなかったんだ。そうだよね。すごい痛かったと思うし。

この絵を見て思い出させてしまったんだ……。

「お、俺は！　こんなかわいいヤツにやられてねーかんな!!」

激しく怒り出した。

――ん、何だね。この魔物が一見弱そうに見えると。

弱そうに見えても実際こんな感じだったじゃない。

脆弱《ぜいじゃく》そうで強いんだからしょうがないと思うんだけど。

しかし元気そうだね。左腕も今までと変わりなく動いているようだし、よかった、よかった。

左腕に注目していると、マルタさんも立って彼の頭頂部に拳骨《げんこつ》を食らわせ黙らせていた。

背が高いからこそできる業《わざ》だ。

彼はその勢いのままソファへ沈む。

そりゃあ、ゲイルさんはあの魔物から攻撃を受けたから、恐怖によって恐ろしげなイメージがあるのかもしれない。

でも仕方ないよ。実際こうだったんだから。すごくうまいわけでも、絵心があるわけでもないけど、特徴は捉えているはず。

「何だろうなぁ。雰囲気がゆるい……ように見えるせいか……？　人形ならかわいいかもしれんが……」

かわいい。……確かにかわいすぎたかな？

「目じゃろう。目に、こう……緊迫感がないんじゃ」

そう言いながら目の部分をもっと陰のある雰囲気に描く男性魔法使いさん。

「おぅ。これだこれ！」

――確かに単純な形ながらも不気味さが出ている。

「すごい。すごく近くなりましたね！」

「…………そうだな」

皆さんに残念な目で見られた。

でも顔以外は特徴捉えていたよね。

――やはり『美文字』は文字にしか通用しなかったか。

第五章　メロディーさんとデート

祭が終わってから数日後のある日、早めにギルドが閉まった。

スタンピードのときの魔物素材大量獲得によって、商人と取引があるというのが表向きの理由。

……本題はあの謎の魔物のことかもしれない。

ギルマスとサブマスが、ギルドの本部などにどう報告するか考えているのだろう。

『羊の闘志』リーダーも、決してあの姿を変に加工せずありのまま絵にしろ、と口を酸っぱくして言っていたっけ。

おかげで私の絵心にけちをつけられたのだけども。……いや、根には持ってないよ。

――変な魔物だよね。

様相もさることながら、出現の仕方が不思議。

『探索』スキルで見つけたけど、その直前にも調べていたのに、そのときはいなかった。

私の『探索』範囲は広くないけど、それでももっと前から引っかかってもよかったような……。

『羊の闘志』の同じスキル持ちの方も、「魔物や敵意あるものは、遠くから段々こちらに近づいてくるのが普通。しかし、あの魔物は突然出現したかのようだった」と言っていた。

歩いたところも見てないし。

まぁ、それは魔王様があそこに先に来ていた時点で、もしかしたら動かないような魔法をかけていたのかもしれない。

そうそう。

まさかルシェフさんが出した？　——と、皆さんは考えていたようだけど、私はもちろん違うと確信している。

あのようなスタンピードの最中、騎士や冒険者がごちゃごちゃしている中、魔物を出すだろうか。

「見せたかった」ということなら、わざわざ祭の日のしかも夜に、町外れで出す意味がない。

魔物が光っているのを見せたかったのならば、いっそのこと夜、街中で出せばいい。ほら、障壁を張れば安全に見せられるし。

見せたくなかったのなら、冒険者や騎士に見つかってしまう危険がある場所で出す必要がない。もっと閑散として広い場所は、この国の中にもたくさんある。

それに見せたくないなら、ゲイルさんの治癒を待つ必要はない。障壁を張って守る必要もない。目撃者を全員消すことなんて、彼にはとても簡単なことだから。

でも、ちゃんとゲイルさんの治癒中守ってくれた。だから、ルシェフさんは首謀者《しゅぼう》ではないと思う。

「ルシェフさんは魔王様なんで首謀者ではないです。国際問題になっちゃいますよ」

さすがにそんなことは言えない。

絵を見せたときの会議で、ギルマスやサブマスたちにやや苦労しながら関与を否定した。——まあ、それでも疑いは晴れてないようだけど、私の力ではこれ以上は何ともしがたい。

魔力10しか使わず、あの魔物を倒すようなお方。そんなお方が、今回のようにちまちましたことをやるはずがない。火山を止めるような魔王様が、私ん家《ち》のドアくらいの大きさの魔物を出して皆に迷惑かけようとするとは思えない。

現在現場を確認中らしいので、そこからわかることもあるだろう。

何か見つかるといいな――。

午後の空いた時間は、メロディーさんとお買い物に行くことにした。

旦那さんのお誕生日プレゼントを買うらしい。

彼女はまだこの町に来て日が浅い。お店の場所に疎《うと》いので、一緒に行くことになったのだ。

私、男物は買わないからわからないんだけど、いいのかな。

「――メロディーさんのワンピースかわいいです」

今日のメロディーさんの私服は、彼女の髪と同じライトパープルのワンピースに白の靴、白のバッグだった。

相変わらず美しいです、メロディーさん。

「あら、シャーロットさんもかわいいですわ。若いっていいですわね」

「若さは関係ないですよー」

（これはデザインもおしゃれながら、両方耐久：＋30なんですよ）

当然「耐久：＋30」なんて話したら、なぜわかるのかと思われるので、いつもどおり心の中で言うだけ。

私は、刺繍《ししゅう》が入った白のブラウスと、スカートを着用。

セットで売っていて、両方着るとワンピースに見えてお得な品だ。

デザインが繊細なのに、両方着ると耐久値（防御力）が60も上がる優れ物というのも嬉しい。服を買うときはつい、『鑑定』スキルでどのくらい能力値が上がるのか、確認してから買う癖がついていた。

かばんの類は、収納魔法があるので持たないことにしている。何でもかんでも入る収納魔法のほうが便利だし、手ぶらのほうが突然何者かに襲われても対処しやすいからね。

街中で人に襲われることなんてそうそうないし、スタンピードもしばらく来ないだろう。だから今日は戦うことなんてないと思うけど、もう習慣化している。

いつもの時間と比べると、かなり静かなギルドの一階を出る。上の空は晴れていて買い物日和だ。テーブル山ダンジョンあたりは曇っていて、もしかしたら少し雨が降っているかもしれない。

「あ、見てください、メロディーさん。空軍演習ですよ」

空を見ると、美しい龍族の空軍飛行部隊が空を渡っていた。

ディステーレ魔国の龍族だけで構成された空軍部隊。

普段は人型で生活している龍族だけど、龍に変化して隊列を組み、青い空を一糸乱れず飛んでいる。青い龍族だけの編隊のようだ。

定期的にこの国と合同演習をしているので、たまにこのきれいな光景を目にすることができる。

「きれいですね」

遠くの空を飛んでいるので、一人ひとりはコメ粒くらいにしか見えないけど、それでも龍なのがわかる。

「そうですわね。攻撃するときはドラゴンブレスを吐くのですって」

かなり遠いので、『鑑定』スキルで能力値を見ることはできなかった。ドラゴンブレスを吐く種族って、どういう値なんだろう。

　ブレスに関係ありそうなのはやっぱり魔力かな。それを消費して吐くとか？

　いつか見てみたいけど、そういうことになる状況って、考えてみるとちょっと怖いね。

「――さて、どういう物を考えているんですか」

　旦那さんへのプレゼント候補を聞いてみた。

「いつも身に着けてもらえる物は、どうかしらと思いまして……」

「となるとアクセサリーとかですか。こっちの通りをまず行ってみましょうか」

　言わずと知れたこの町のアクセサリー通り。

「といっても、私の知っているアクセサリー店は冒険者御用達《ごようたし》なので……おしゃれとは言いづらいですけど」

　メロディーさんは、ますますよいとのこと。まあ、戦う人向けということだもんね。

　確かにごついデザインが多いから、男性向きといえば男性向き。

「あ！」

　突然私は声を出してしまった。

「あら、何かありました？」

「あ……、いえ、ごめんなさい。かわいい帽子があって。季節外れではあるけど……ふふ」

　多少動揺してしまった。

　何とびっくり。

　帽子やスカーフなどの小物を売っているお店の、雑多に置かれた商品の中に、「知力：＋１５０」

ものふわふわの帽子が置いてあったのだ。知力は、魔法を使うときの威力が関係する値だ。帽子という小さな物なのに、＋150は結構すごい。

スタンピードのときに着たブラックタートルのコートは、耐久値が＋100であることを考えたらわかりやすいかな。

これがこの世界の怖いところ。能力値を測る道具がないので、「知力：＋150」がこの帽子に宿っているとわからないのだ。

しかも今は麦藁《むぎわら》帽子が合う季節。季節外れだから安い！　銀貨五枚だ。

店主のおじさんは、価値がわからず見た目だけでお安くしている。私は店に入ると、商品を手に取っておじさんに切り出した。

「秋冬の帽子探してたけど、寒くなってから探そうと思ってたんですよねー」

いかにも「たまたま見つけたけど季節に合わないしなー」という雰囲気を漂わせる。

「じゃあ、銀貨三枚はどう？」

「え！　銀貨三枚？」

さらに安くしていいの？

動揺する私を、まだ迷っているのだと思い込んだおじさんがもう一声。

「では銀貨二枚は？」

「銀貨二枚……」

この帽子、金貨四枚の案件ですよ。

もっと安くしちゃうんだ……と驚いている私に、おじさんがとどめとばかりに言い放つ。

「おっとまだ値切る？　じゃあ銀貨一枚！　さすがにもう勘弁して」

「あ、じゃあ。はいこれで」

お願いします。と値切りのプロもびっくりの値段になった。

本来、金貨四枚の価格の帽子を銀貨一枚で買ってしまった――。

小躍りしそうだった。

「よかったですわね。かわいい帽子でしたわ」

「はは。秋が楽しみですね～」

「知力：＋１５０」なので正直似合ってなくても、ダサくても、真夏だっていいんですよ。いや、さすがに暑いか。

とにかくこれぞ掘り出し物。かわいくてふわふわした戦闘用の帽子。いい物を買った。

対するメロディィーさんのほうはまだだ。少しいいなぁと思うものの、これぞという物がまだ見つからないらしい。悩ましい顔をしている。

だいぶ歩くと買い物通りの外れまで来てしまった。

先ほどまでの通りとうって変わって静かなところ。近くにあるお店といえば宝石店しかない。

「外れちゃいましたね」

「ええ。あら、この宝石……」

次の通りを歩く提案をしようとしていたところ、メロディィーさんは宝石店のほうを見ていた。

それはラピスラズリの指輪で、店先に他の宝石と一緒に陳列《ちんれつ》してある。

「今回のスタンピードで出てきましたよね」

ラピスラズリウルフ。普段はテーブル山ダンジョンの、低級の魔物がいる階層にいる。大体の人がこの魔物を口にするとき噛むので、よくラピスウルフと略される。

「やあやあ、こんにちはお嬢さん方。どうです？　少し覗いていかれては」

こちらの宝石店のご主人だった。

実は、以前ギルドに来た宝石泥棒三人組が、その前に寄った店。予約を入れていないと言われて門前払いされた店だ。

「あ、でも予約とかしてないですよ」

そのことを覚えていたので、一応確認した。

「ははは。必要ないですよ。ちょうど誰もいないですし」

あの日は、単に忙しかったのかな。今日はたまたまお客さんがいないのかもしれない。

中に入ってみると、当たり前だけどいろんな種類の宝石が並んでいた。

それにしても不思議なのが値段。

「ラピスラズリとかエメラルドとか、他のより安め……ですか？」

「さすが、ギルドの受付さんですね。その宝石はダンジョン産なのでたくさん採れますからね。お買い求めやすい値段なのですよ」

顔が知れている……。ギルドに依頼に来るとき、いつも彼の下で働いている人たちが訪れるから直接会ったことないはずなのに。さすがだなぁ。

「あら、こちら……」

メロディーさんが、大きめだけどすっきりとした形のペンダントを見つけた。表面にラピスラズリをあしらっている。

　女性用とも男性用とも見える。

「こちらはですね、実はこのように……」

　店主がペンダントトップの端のほうに指をやって、かちっと鳴らすと、その部分が扉のように開いた。

「開くと、中に小さな肖像画を入れることができるようになっているのですよ」

　この世界には写真がないので絵を入れるんだろうけど、こんなに小さい絵を描ける人っているんだね。

「男性女性ともご伴侶《はんりょ》様の絵を入れる方が多いですね」

「素敵ですわ」

　うんうん。きれいなラピスラズリのペンダント。ペンダントトップを開けたら、中からも青くて美しいメロディーさん。気持ちのよいペンダントですね。

　旦那さんが、かぱかぱ開けて見るだろうなぁ。

「こちらにしますわ」

　金貨二枚。いくら元々安い宝石といえど、かなり安いほうだ。中が開くペンダントという凝った作りなのに。

『鑑定』結果でも金貨四枚だ。

「実はですね。こちらは今年入った新人の作品なんですよ。なので普段よりも安くお出ししています。しかし腕は確かですよ」

将来有望じゃないですか。

「とても素晴らしい腕だと思います」

私も賞賛《しょうさん》する。このまま行けば筆頭職人さん間違いなしだ。

メロディーさんは満足そうな顔で金貨を出し、店主も満足そうに受け取った。

「――いい買い物しましたね」

高級な物ばかり置いていると思ったけど、一般庶民でも少し背伸びをすれば買えるのはいい。

お店をホクホク顔で出る私たち。

店のご主人は出口まで見送ってくれた。

私たち二人は、まだ時間があるからどこかでお茶でもしよう、という話になる。

――しかしですね。宝石店を出てから尾けてくる人がいるんですよ。

メロディーさんを尾けているのなら、どうなるかわかっているね？

◆

少し緊張が走る。

『探索』スキルでは、向こうが一人でこちらを尾けている、という反応だ。

私はメロディーさんにこっそりと、「あなたのことは私が守ります。変な人が尾けてくるから、正体を暴いてやりましょう」と言って協力を求めた。女性が言うセリフではないと思うけど、気にしないでおく。

人が少なめなT字路になっているところを正面の道にそのまま向かわず、わざと左に曲がって、ある程度距離を取ってから止まる。

他に誰かを巻き込んではいけない。だから人けがあまりなく、それでも大声を出せば誰かが気づくようなちょうどよい道を使う。

メロディーさんには、私の後ろに立ってもらった。

『探索』を使って、やってくる人との距離を測る。私の正面の通路が壁になっているので、これも利用しよう。

障壁魔法を使って、透明の壁を地面に垂直に立てて待つ。

案の定その人は、私たちが曲がった瞬間に、こちらへ向けて走ってきた。

そして角を曲がってその勢いのまま、透明障壁に激突。

普段はびたんと音がするけど、今回は予想どおり鎧を着ている音がした。間髪いれず勢いに乗って、私の正面、彼にとっては後ろの壁まで障壁を操って押し出す。計画どおり壁に叩きつけてやった。

どんっと音がして彼は壁に激突し、衝撃でくずおれる。

この町でよく見る鎧だった。

——この町の騎士が、女性二人を尾けまわすとは。何しているんですか。

「あ、あなた……」

「……め、メロディー」

メロディーさんが不審人物に話しかけ、それを受けて苦しげにメロディーさんを呼ぶ男性。

「あれもしかして……」

この雰囲気は……。

「夫ですわ」

やっぱりね。

「……くっ」

障壁で押しつぶした衝撃か、こっそり尾行していたことを妻に知られたせいか、彼は座り込んだままだ。

私はとりあえずどこから突っ込もうかと考えて、大事なことから先にやろうと改めた。

「あの。メロディーさんの同僚のシャーロットです。すみませんでした！」

自己紹介をし、きれいに腰を折ってお辞儀した。

礼儀正しく見えるかな。

彼の反応は「……知っているとも」だった。

ですよね。騎士ならつい最近一緒に戦いましたよね。

でも、メロディーさんの旦那さんのこと、騎士の方としか知りませんでした……。

「なぜこちらにいますの？　お一人かしら？」

メロディーさんが、尤《もっと》もなことを聞いた。彼の勤務時間からして一人でいるはずない。

「う、メロディー、が……誰かと二人で……デートをしていると聞いた……」

視線を横に逸らし、情けない声で言う。

「はあ……」

メロディーさんはため息のような返事した。

「まぁ、デートといえばデートですね」

私は流れるようなしぐさで、メロディーさんの腰を抱く。

同僚にからかわれたのであろう旦那さんを、さらにからかいたくなったからだ。

メロディーさんより背が低いから、残念ながらかっこよく引き寄せたようには見えないだろうけど……。

ちなみに「デート」とは、初代王が王妃を連れて町々を歩き、そこの特産物を一緒に食べ歩いたことから始まっている……んだったかな。

旦那さんは言葉にできない顔をしていた。

「ほ、他に誰か男と会う約束でもしているとか……」

どういう確認なのか。

それにしてもその情けない格好、騎士として見つかったら問題だと思うんで、とりあえず立ってはどうでしょうか。

「ございませんわ」

「今までずっと私と二人ですよ。ちなみに、私が男に見えたわけではないんですね」

いくら細くて、お世辞にもグラマーとはいえない体格だとしても、男に見られたことは今のところない。それに今スカートだし。

「当たり前だ。君は、壁張り職人《かいわい》ではないか！」

旦那さん。ここの界隈はアクセサリー職人が多く住んでいますからね。本当の職人に怒られるんでやめてください。

──『探索』スキルも、一度会って強く個別認識しないと判別ができない。今回尾けてきた人物が「メロディーさんの旦那さん」だとはわからなかった。

スタンピードのとき魔物と間違わないよう、「アーリズの町の騎士」という分類にだけなっている。町の住人を一人ひとり個別に認識していたら『探索』スキルがごちゃごちゃしそうだから、こういう方式にしている。騎士だけでもものすごい数だし。

でもまぁこれで次、尾け狙われてもすぐわかるようになった。

いや、もう尾けないでほしいけどね。

「もう、戻ることにする。すまなかった」

「いえ、こちらこそすみませんでした。一応……　〝きゅあ〟」

仕方ないから治癒魔法をかけてあげた。今までで一番やる気のない言い方だったと思う。

「……気をつけて帰れよ」

「わかりましたわ」

彼は駆け足で去っていった。見回り中だったなら怒られてそう……。

今度は二人でゆっくりデートしてくださいね。

「──さあ！　お茶をしに行きましょう」

日常茶飯事なんだろうか。切り替えが早いですよ。

──その後、おいしいお茶やお菓子を出してくれる人気のお店に入った。

「え、そちらも……食べますのね……」

「はい。こっちは赤いストロゥベルの実に、ブルーソースがかかって、甘酸っぱくておいしいんですよ！」

今日の昼は少なめにしていたのだ。メロディーさんと遊んできっとお茶もするから、と。パテシさんのところのお菓子を二個しか食べなかった。

メロディーさんは「飽きないのならいいのですわ……」と苦笑ぎみだった。

今は今。さっきはさっきですよ。

「それにしても、旦那さん面白い人ですね」

あの溺愛《できあい》ぶりは見ていて楽しい。

旦那さんは『鑑定』スキルで見たところ、冒険者でいえばA～Sランクくらいの実力者だった。

(騎士相手でも向こうが油断していたら障壁魔法で勝てる、ということがわかったのはいいね)

別に殴り込みに行くわけじゃないけど……。

「お恥ずかしいですわ」

「さっきのことは大丈夫ですよ。人の行き来が少ない場所だったし、誰も見ていないと思います」

ばれても尾け狙っていたのではなくて、奥さんに挨拶しようと近寄って、盛大に転んだことにすればいいし。——うん、障壁も透明のものにしていたから、よい言い訳だと思う。

流れで、メロディーさんと旦那さんの馴れ初めを聞いた。

メロディーさんは元々港町の生まれで、旦那さんが合同演習のためにその町へ来たことにより巡り会ったらしい。

旦那さんはアーリズの町を離れられないから、あわやこのままお別れかというところで、メロディーさんがこちらに移住することを決断。考え直せと彼に言われるも押し切り、その流れで結婚したとのこと。

何だかこれだけ聞くと、メロディーさんが押しかけ女房みたい。

さっきの様子だと旦那さんのほうが、メロディーさんと離れられなくてこの町に連れてきたって雰囲気だけど……。

「心配性なだけですわ」

そうですか。

私もそういう人が現れたら、追いかけるのかなぁ。…………なさそう。

「そういえば、あの魔族の方とはどうでしたの？」

「え！」

食べようとしたストロゥベルを落とす。大丈夫。皿に戻っただけだった。

「あ……あの方とは特にありませんにょー」

もぐもぐ。そういえば、魔王様を口実にダンスに誘われた男性全員断っていたんだっけ。

「あら、駄目でしたの。今までダンスを断ってらしたのに」

男性と踊ったら、後々面倒なことになりそうだからですよ。

その点魔王様には、ダンスに誘われることもなく誘ってもいない。あのお菓子風の魔物を収納してお国に帰ったので、とてもよいカモフラージュだった。――今考えると恐ろしいことだよね。

しばらくはギルドに来てほしくないなぁ。

「誘ってきた方々は、本命に断られたからこっちに来たのであって、私はただの二番目以下ですよー」

「勇気を出してシャーロットさんを誘っていた方もいらしてましたよ？」

メロディーさんは頼んだストロゥベルティーを飲んでいる。今度それも頼んでみよう。

「ははは。いやいや、いませんよー」

「はあ……」

彼女はやや納得のいかない表情をしていたけど、まぁ、事実だから。

そのあとは、「護衛依頼の処理が一番ややこしいかも」とか「スタンピードのときはギルドいっぱいに人が集まるものなのですね」と、取り留めない話をしてお店を去った。

外を見ると、先ほどテーブル山ダンジョン付近にあった雲がなくなっていて虹が出ていた。

テーブル山ダンジョンはただそこにあるだけでも十分きれいなのに、今日は虹もかかっていて、その下を青い龍族空軍が整然とくぐっている。

メロディーさんと、絶景の中の絶景だと見やった。

この町で見える美しい風景。

頂上が平らになっている山のダンジョン。

時に静かにたたずみ、時に町へ襲いかかり、恵みももたらしてくれる。

上級の魔物のスタンピードはさすがに恐れの対象で、次に来たときの対策をこの町は日々練っていた。

そうしてうまく付き合って暮らしている。

私もメロディーさんもそんな町の住人なんだ。

「…………だ……ディ……」

ん？

「なぜだ。もう帰っているとばかり……メロディー……」

…………旦那さん。

せっかく今日をきれいに締めくくろうとしたら、旦那さんが近くにいたよ。

そして、旦那さんの後ろから同僚ではなく、彼の上司が来ているのがばっちり見える。

私とメロディーさんの視線は旦那さんを素通りし、後ろから来る彼の上司の、真っ赤ですさまじい面持ちに集中していた。

第六章　Ａランクの冒険者たち

しとしとと小雨が降っている。

ギルドの床、特に出入り口は滑りやすいだろうか。

いや、二年前の改装で滑りにくい素材にしたから転ぶ人はいない。

でも、あとで手が空いたら拭こうかな。

――と、あまり会いたくない人が来訪したので、その人の後ろにある床に注目してしまった。

その人は、今は雨具を着ているから全体的に暗い色。だけど、室内では白っぽい服を着ることになっている治療院の人。

「来ましたか？」

「いいえ。それらしい方はいらしてません。もう来ないかもしれません。冒険者かどうかもわかりませんので……」

私は神妙な顔を心がけた。

この「来ましたか」というのは、ゲイルさんの腕を修復した治癒魔法使いが、ギルドに来たかどうかを尋ねているのだ。

あのとき私がゲイルさんの腕を治したあとで、『羊の闘志』の皆に口止めをした。

ゲイルさんを除くメンバーとともに、治癒について大体の口裏合わせを考えた。完成したのがこれだ。

「ただの通りすがりを名乗った人が治療してくれました。ダボっとしたコートを着てフードを目深にかぶった人で、声では女性かも男性かもわかりませんでした。ゲイルさんの腕を治したあと、お礼も受け取らず去っていかれました……」

スタンピードの騒ぎが落ち着いた頃、噂を聞きつけてやってきたこの治療院の人に、そう告げたのだ。まるで台本があるかのようにすらすらと大嘘を並べ、表情はそのままを維持して言ったのを覚えている。

つまりこうだ。

ゲイルさんが、謎の魔物に腕を千切られるほどの攻撃を受けて、皆で止血を試みた（ここまでは事実）。するとどこからか、フードをかぶった男女不明の人物が来て、ゲイルさんへ治癒魔法を使ってくれた。

彼の腕が完全に修復したら、すぐにそのフードの人物は去っていった。こちらが「お礼をさせてくれ」と叫んでも、振り返らず闇に消えていった。

――という話にした。それで済んだと思ったのだけど……。

「それでは、その方が治癒にかけた時間は、どのくらいだったか覚えていますか」

それ以来、この人は何度もギルドにやってきて、ゲイルさんを治療した人物がたずねてこなかったか聞き、ついでのようにあの日の様子を聞いていく。そのたびに私も、同じ話を何回も答えているというわけだ。

「いいえ……。私、もう気が動転していて……とても長く感じました。近くには異様な魔物もいて、常に攻撃されてましたから……。とても気が気ではなくて」

ああ、怖かった……。とそのときを振り返るように語った。

性能のよくない『演技』スキルは使わないでおく。

隣にフェリオさんがいるから、逆に怪しまれないようにしなければ。

「……そういえばあなた、以前図鑑を買いに来た人ですね」

「え、はい。『人体の図鑑』ですよね。……仕事が忙しくて、日々勉強中ですが、なかなか追いつかなくて」

（いやあ、実はですね。『人体の図鑑』のおかげで、私の治癒魔法の能力が上がったと思います。彼も助けられて、新しく『人体学』なるスキルも会得できて嬉しいです。治療院にいらっしゃる腕のいい治癒魔法使いさんは、皆さん持ってらっしゃいますよね。『人体学』スキル）

――――と、間違っても口は滑らせない。

そう。ゲイルさんの腕を治癒したからか、いろいろと能力が上がった。

まず私の魔力と知力が上がった。耐久も、なぜかほんのちょっぴり上がった。「痛いの怖い」と思ったせいなのかは不明だ。

力（腕力）は上がらなかった。さすがに、包丁をふっ飛ばしたくらいでは上がらないらしい。

そして、何と『人体学』という新たなスキルを習得した。

『人体学』スキルを持っているのは、多くは治療院で実力がある人たち。

私は治療院にお世話になったことがないけど、そこの治癒魔法使いさんはよく見かけていた。広場でお昼を食べていると、同じく彼らも食べに来るからだ。

治療院でも能力の高い人と、それ以外の人。どこが線引きなんだろうと、最初は興味本位だった。

私も治癒魔法を使うし、参考にしようと思ったのだ。

そこで『鑑定』スキルで観察したところ、この『人体学』というスキルが重要だということに気づいた。

この世界では、『鑑定』スキルに代わるような魔道具もない。だから彼ら自身、そんなスキルを習得しているとはわからないだろう。だけど、高度な治癒魔法を使えるか、使えないかの違いは、このスキルによるものだと予想した。

そして、私もスキルを手に入れるべく、手始めに治療院に赴いたのだ。そこで、分厚くてお高い『人体の図鑑』を購入した。治療院にいる人たちはこの図鑑を勉強すると聞いたから、きっと関係あると思ったわけだ。

でも読んだだけでは『人体学』スキルは発現せず、別の勉強も必要なのかと思っていたところ、先日見事にスキルが手に入ったのだ。

実に満足している。――しているけど、そろそろ帰ってくれないだろうか、この人。

まだ何か聞きたいことがあるのか。それとも何か隠していると思われているのか。今日の雨とどっこいどっこいのしつこさだ。

雨の中わざわざ来ていただいて申し訳ないけれど、残念ながら本当のことは言えない。

メロディーさんがカウンター業務で忙しそうにしているから、早くこちらのカウンターを開けたいんだけど……。

それに右隣のフェリオさんは、査定しながら手が空いたらこっちを見てくるし。

私が怖がっているところを見て、無表情ながらも眉を軽くピクピクさせていた。

どういう表情ですか。私が怖がっているのはおかしいですかね。

いつも顔を合わせていた知り合いが、大変なことになっていたら、怖いと思うじゃないですか。

まぁ、魔王様の魔法のおかげで、安全安心な気持ちで治癒に専念できたけどね。

私が考え事をして、だんだん興味のないような対応になってくると、治療院の人はため息をついた。

「いいですか。腕でも足でも、そのように短時間に治癒できる方は稀なのです。彼ら『羊の闘志』の話では、スタンピードでの狩りが終わりに近づいてきてから、戦闘が始まったようです。その後、彼らが町に着いた時間は、私も現場にいたので知っています。それがっ、逆算するととても短いっ！」

だんだん興奮してきたようで息が荒くなっていく。

「……こういった方は稀なのです。私たち治癒魔法を長年使ってきた者でも、どのようにやっているのか教えを乞《こ》いたい。……ふぅ」

「ええ？」

素で驚いた。

「あの、でも確かそちらの治療院さんでは、高度な治癒をされる方、たくさんいらっしゃいますよね」

大げさではないだろうか。

「ここはスタンピード発生率が高いことで有名な町ですよ。他の町より高水準の者たちがたくさん集まっている、いえ我々が集めているのです。この町のために！」

他の町では、そのような治癒魔法力のある者は少数しかいなかったり、村単位だと一人もいないことが普通。

治療院の方は、胸を張って教えてくれた。

胸を張られてもね。他の町から恨まれてないでしょうね。

私は冒険者時代、いろんな国、町、村に行ったけど、治癒魔法が使えるものだからわざわざ治療院には行かなかった。

だからこの町の治療院が私の中での基準になっていたのだ。

他の町でも腕くらい修復できる人が十人はいる。村だと一人くらいはいる。

——そう勝手に思っていた。

「すごさがわかりましたか」

「はい。よくわかりました」

(絶対治療院さんに、私のことを知られてはいけない！　ということが)

「どう治癒魔法を使っているのか」と聞かれても困る。

まさか講習会か料理の手順を教えるかのごとく、「『鑑定』と『探索』と『人体学』をお手元にご用意ください。治癒魔法を使って、それぞれの手順を見ていきましょう」とはいかないからね。すみませんが、今までどおり頑張ってください。

こういうとき、本当に能力値を測る魔道具がなくてよかったなぁと思う。

そんなのが発明されて、やれ治癒魔法だ、『鑑定』だ、『探索』だ、『人体学』だ、まだまだたくさん持っているぞ！　などとバレたら大変だ。

治療院の方は「今日のところはこれで帰ります」と、来たときより強くなった雨に打たれながら帰っていった。お忙しいだろうから、もう来なくていいと思う。

姿が見えなくなると、「そういえば今日の午後に会議があるんだっけ」と思い出した。

サブマスはこの雨の中、外出したけど帰ってくるのかな。何の会議だろう。先日の魔物の件かな――。

◆◇◇◇

――ピカ――。

部屋いっぱいに、一瞬光が入る。

つい先ほどから、雨は降りがひどくなり、雷も鳴り出していた。

青天ではないけど霹靂《へきれき》。

しかし、私の中では青天の霹靂。

光ってやや時が過ぎてから、どどーんと音が鳴る。

『個人の能力を計測する魔道具開発に関するお願い』

私は、冷や汗を流していないのが不思議なぐらい動揺している。

この顔を誰にも見られてはならない。

思わず、このお知らせの紙で表情を隠した。

「何やってんだ？」

私が、お知らせを間近で読んでいるように見えるのだろう。ギルマスは軽く疑問を投げかけた。

「いえ、……この誤字がどうしても気になってしまって」

最初「紙の模様が気になって」と意味不明なことを言おうとしたけど、ちょうどよく誤字があってよかった。


『概要。

王都の冒険者ギルド本部にて能力値を測る魔道具を開発。

魔力、体力の他にスキルも計測可能の予定。

ついては王都だけでなく、各町村のギルドに登録されている冒険者の中から、様々なランクの者たちを集め計測実験を行いたい。

各ギルトより規定の人数を選定し、指定の日時までに王都へ派遣するよう要請する。

協力者には報酬とランクポイントの付与を予定。』


これはお願いというより、王都にあるギルドの本部から各ギルドへの強制依頼だ。

ちなみに、王都にあるからといって、ギルドは王家のものではない。お互い不干渉だ。

ただ、この町であった例の事件のこともあって、『多少手を組むことがある』ということをここにいる全員が知っている。

(魔道具作るより麻酔薬開発してください。いや、麻酔じゃなくても他にもっとあるよね)

私はただ動揺していた。

現在この依頼書のせいで、二階のギルマス・サブマスの部屋で会議が行われている。

メンバーは、ギルマス、サブマス、フェリオさん、なぜか私。

「なぜ私なんでしょう」と聞いたら、「冒険者と関わる時間が長いから」だって。

フェリオさんはここが長い。途中抜けていた時期があるけど、それでも全体で見れば長期でいる。

何を決めるか知らないけど、三人でいいじゃない。一階のメロディーさんが心配なんで、私は抜けまーす。と、抜け出せないだろうか。

しかし悲しいかな、会議は始まってしまった。

ギルマスが今回の議題を話す。

「今回決めようとしているのは、どう選定するかだ。人数は指定されているから誰を選ぶかだな」

「人体実験に参加させる人をこちらで選ぶんですか」

私は早速、嫌そうに言う。

「人体実験とはずいぶんな言い方だね。こういう魔道具ができたら、もっと世の中が明るくなるかもしれないっていうのに。……でも、そうか。そう疑ってかかる見方をされることもあるか。あとで確認しとくね」

サブマスは自身の金髪を顔回りから払い、ペンで何かをメモした。

いくら期待度の高い魔道具だからといっても、私は手放しに喜べないなぁ。お金がもらえるなんて新薬の臨床実験みたいに感じる。……捻くれた考えだろうか。

現在、本部がアーリズの町から寄越《よこ》してほしいと指定している人数はこちら。

SSランク…0人

Sランク…0～二人
Aランク…十人
Bランク…十人
Cランク…三人
Dランク…三人
Eランク…三人
Fランク…0人
Gランク…0人

王都は町がそれぞれ抱えている冒険者の人数と、それぞれのランクをはっきり認識している。

SSランクはこの町に元からいないので、まあいい。問題はS～Cランクが二十五人も抜けること。


「二十五人も抜けて、スタンピードが起きても大丈夫ですか」

「たぶん、これでも考えてくれているほうだと思うけどね。ただ、向こうもできるだけこの町の冒険者を測定したいのさ」

スタンピードが起こりやすいという理由で、アーリズの町はほかの町や村より魔物と日頃から戦う機会が多い。町によって同じランクでも差異があるのか比較したい、という意図もあるらしい。

「昔は、今より人が少なかった時期もあるから、おそらく大丈夫」

フェリオさんの昔は当てにならないんですけどね。私の感覚で大昔ということではないですか。

しかしまあ、本部から寄越せと言われているのではどうにもならないよね。

そして今回の会議は、この招集にどのような選定方法を使って赴かせるかという会議。

Sランクの選定はめどが付くので、問題はAランクだ。

まさか、明日から依頼掲示板に『Aランクの人限定の依頼！　先着十名。新魔道具の動作確認に参加してくれる人！』なんて出すわけにはいかない。騒動になってしまう。

A～Cランクは、人数が他のランクとは桁違い。ギルドに押しかけられては困る。

また、ピカっと光り、二呼吸置くとドーンと鳴った。

そのとき、一階からメロディーさんの「きゃー！」という叫び声が聞こえる。

これはいい機会！　メロディーさんを助けるために会議をとんずらだ。

「私、下行って見てきます！」

「いい。メロディーは雷怖いだけ」

即行でフェリオさんに止められた。

確かに『探索』スキルを使っても、襲われている感じではない。

「さっきから光ったら叫んどったぞ」

このお知らせのせいで動揺してましして、聞こえませんでした。——あ、それともギルマスの聴力がいいからかな。熊の獣人さんって耳がいいらしいし。

「彼女見ていると普通のお嬢さんって、こうだよねって思うよ。こちらのお嬢ちゃんは、雷ごときじゃあ怖がらないからね」

雷を怖がっていたらスタンピード殲滅《せんめつ》戦に出れないですよ、サブマス。雷を使う魔物もいるし、味方の攻撃魔法にだって雷があるんですから。

「そう。それなのに治療院を相手に『あの魔物怖かった』と言っていた。耳を疑った」

フェリオさん……。そのほうが「この子に聞いても無駄だな」って、治療院さんも思うでしょ。早くお帰りいただきたかったんですよ。

「何だ？　それ」

ギルマス、わざわざ聞かないでください。

「さっき……」

話さなくていいじゃないですか。……あ、稲光がちょうど羽に反射してきれいですね。って、――一とおり話し終えられてしまった。

「……ぶふふふ、くく。またやっていたのかい。あれ」

宝石泥棒のときの『演技』を思い出したのか、サブマスが笑い出した。

「シャーロット。あの魔族の魔法は、快適空間とか言ってなかったか」

そうなんですよ、ギルマス。魔王様は、風魔法も一緒に使っていたのでしょうか。中の空気が清浄化されてました。治癒魔法使うのにいい空気だったと思います。

――さぁさぁ、その話はもういいでしょう。

早くこの会議終わらせましょうよ。

脱線したけど、今出ている案はこうだ。

・完全にこちらで個人を指名。

・パーティーをこちらで十選び、そのパーティーの中からメンバー一人選んでもらう。
・全員呼んでくじ引きしてもらう。
・半分こちらで決めて、半分は依頼をぼかして貼って先着順。

などなど。

頭を悩ませつつ、また雷が光った。

少しこちらに近づいているらしく、光ってから鳴り出すのがさっきより早い。

「全部こちらで決めたほうが……、混乱は少ないんだけどな！」

言っている途中でゴロゴロと雷が鳴ったから、それに張り合うように大声を出すギルマス。

「でも気！　をつけないと贔屓《ひいき》と言われそう！　ですよね」

私も雷の音にかき消されないよう、仕方なく声を張る。

また光って、一階からメロディーさんの声が聞こえたような気がした。

「かとい……全員くじ……困る。主に場所」

ちょっと聞こえなかったですけど、全員でくじ引き大会は困るってことでいいですか、フェリオさん。確かにくじ作りは大変だし、皆呼んだら場所取りますよね。

「…………ね…………が妥当だね」

何が妥当なんですか、肝心なところが聞こえませんよサブマス。

年長者二人も声を張り上げてもらっていいですか。

「とりあえず、全員呼んでくじ引きはなしの方向ですね」

私はお知らせの紙にメモした『全員くじ引き』の文字を二重線で消した。

するると突然、思いついたようにギルマスが案を出す。

「そうだ！　Aランクのリーダーだけ呼んでだ。そこでくじ引きしてもらおうや。たぶん、こういうのはリーダーが行きたがるだろうしな」

「よさそうですね。くじは何枚必要かな。メロディーさんと作りますね」

あと他に必要になりそうなものをメモしておく。

「くじ引きで済めばいいけどね。そうだ。シャルちゃんも行くかい？」

「は？」

サブマスは、いったい何をおっしゃるのでしょう。

すごい声出しちゃったけど、ちょうどよく雷鳴ったから聞こえてないよね。

くじ引きで済めばいいとはどういうことか。いや、そんなことよりも。

「嫌ですよー。自分の能力を知られるなんて恥ずかしいです。遠慮します！　それにこういうのは、ふだんから冒険者をしている人たちが行くべきですよ」

私は絶対に王都に行きません。

断固拒否。

うっかり『鑑定』スキルがバレて帰れなくなったら大変だよ。

「おい、俺はもうカウンター業務したくないぞ？」

そうでしょ〜、ギルマス。私がいなくなるとそうなりますよ。抗議してくれると思ってました。

もっと言ってください。

「それに、この期間は何かと面倒」

うんうん。ん？　面倒なことあるっけ？　いえ、援護射撃ありがとうございます、フェリオさん。

「……確かにこの時期は、いてもらったほうがいいのかな」

とりあえず危険な王都の本部には、絶対、今後も、近づかないようにしますよサブマス。

「──好奇心の強いシャルちゃんにしては珍しいね。今回も飛びついてくると思ったのに」

「全然興味ないですよ。……はて。私、そんなに好奇心強いですかね？」

「いろいろあるけどね。ギルド職員だから『魔物図鑑』を買うのはいいとしても、職を変える気もないのに、治療院で『人体の図鑑』買っていたのが一番驚いたよ」

え、皆買わないんですか？　あると便利なのに。

「辞めるのかと思った」

「冒険者で買うやつ、珍しいよな」

もったいない。『人体学』スキル、手に入るかもしれないのにね。

◇◆◇◇

パーティーリーダー（または、個人であれば当人）への説明会は、当日来ることができる者たちだけで行うことになった。説明のあと、十人以上希望者がいれば、くじを引いてもらう流れだ。数日前から該当者に声をかけていた。

だから、ダンジョンに向かっているパーティーや、遠くまで依頼で出向いているパーティーなどは当日に間に合わなければ除外。王都に赴く期日も迫っているので仕方なかった。

しかし、遠征していても当日このギルドに来てくれれば、説明会とくじ引きに参加できる。

くじを作ったついでに、どのパーティーに声をかけているか、いないか、という表も作成した。

声をかけたパーティーには印がついている。

その中で、まだ印がついていないあるパーティーに、私は「早く来ないかな」とやきもきしていた。

「――あ、待ってましたよ！　リーダー。お疲れのところすみませんが、ちょっとこちらへ……」

結構ギリギリだった。そろそろ、説明会が始まってしまう。

私が声をかけたのは『羊の闘志』のリーダー。こちらのパーティーの皆さんは、依頼受注中でしばらく戻らず、間に合うか気がかりだった。彼をギルドの隅に招き、これから始まる説明会の概要を、魔道具のことには触れずに話す。その間に依頼の完了処理をメロディーさんにお任せした。

ちなみにこっそり話すのは、ギルド内に他の冒険者たちもいるからだ。Aランクばかりなぜか呼ばれている、と噂になったら面倒だし。

彼は「へぇ」やら「よくわからんが行けばいいんだな」と言って、仲間たちに先に戻るよう指示した。

『羊の闘志』のリーダーにどうしても来てほしかったのは、冒険者にとって、能力値がわかる魔道具ができるのはいいことだからだ。

特に、物理攻撃に特化した冒険者さん。

魔法使いは魔法という目に見えるものを使うから、まだいい。でも物理特化した冒険者の、「俺はスキルがないから凡人かも」みたいな暗い発言はいただけないなと思う。

スキルを持っていない人なんていないのに。

そのような発言をする人たちが持っているスキルは、目にははっきりと見えず、感覚としてわかりづらいものが多い。だから自身が持っているスキルを理解しにくいのだ。

以前『羊の闘志』のゲイルさんが、スキルを持っていながら「スキルほしー！」と言っていたのもそのためだ。彼はその後、『魔力を力に変換』スキルを使いこなしているからよかった。

今度は、やっぱりリーダーが自身のことを知る番だと思う。彼が何かをぼやいていたわけではないけど、せっかくの機会だし。

――まぁ、魔道具がどの程度の性能かは置いておくけどね。

「では、二階の説明会用の部屋へ入って、少々お待ちください」

そう告げた私も、筆記用具とくじ引きの箱を持って二階へ行く。本部に届け出る専用の書類もあるけどそれは大事な物なので収納魔法に入れてあった。

二階のギルマス・サブマスの部屋の向かいに、講習会・説明会に使われる大部屋がある。新人冒険者用の講習会や、魔物を複数パーティーで討伐するときの説明会でよく使われていた。机と椅子が多く並び、正面の壁に図などを書いて説明できる板が設置されている。

中に入ると、皆好きな格好で待っていた。

武器を手入れしている人。

逆立ち腕立て伏せをやっている人。

ご飯を食べ損ねたのか、今がそのときとばかりに食べている人。

始まったら起きると思うけど、寝ている人。

ダンジョン帰りで、手に入れた魔石を数えている人。

部屋の隅が好きなのか、部屋の角にぴったり寄り添っている人。

両隣で言い争いが始まり、席を替えようと立った人。

机に足を乗せている人。

椅子には座らねえ！　机に座るぜ。な人。

椅子には座らねえ！　床に座るぜ。の人。

椅子には座らねえ！　立って壁に寄りかかるぜ。である人。

まだ他にもいる。

種族も、男女も、武器もばらばら。

全員パーティーリーダー、または個人で活動している人たちだ。

Aランクだけで集まることはあまりない。だから近況報告をしたり、ただの雑談をしたり、なぜ集められているのか予想している人たちがいる。

静かに普通に座っている人のほうが目立つくらい。

これが勉強をする教室や、依頼人がいる部屋なら注意されるだろうけど、ここは冒険者ギルドなので誰も気にしない。

そもそも、依頼人の前ではちゃんとしている……はず。

彼らには集まってもらう際に、深刻な話ではないとあらかじめ言っておいた。こんなにAランクのリーダーばかり集めていたら、不思議に思われても仕方ないから。それでも気になったのか、冒険者の一人に聞かれた。

「こんなに集めてどうする気？」

「お時間取らせてすみません。別に天変地異が来るわけでもなければ、討伐が難しい魔物がいるわけでもないですよ。説明後、興味なければ、すぐお帰りいただいて大丈夫ですから」

すごく緩《ゆる》やかな雰囲気を出すことを心がけた。

向こうもそれが伝わったのだろう。すぐに近くの冒険者と雑談を開始した。

私はこの光景を楽しんでいた。

（こんなにAランクが集まることなんて、なかなかない！　今日やった初心者講習会と雰囲気が違うなぁ）

むしろ低ランクの人が間違って入ってきたら、扉を閉めるのも忘れて走り去りそう。大がかりな作戦でもあるのか、と勘ぐられるかもしれない。

「すいませーん。さっきの講習会で忘れ物しちゃって……」

あ。

いきなり入ってきた人物に、Aランクたちの視線が一気に向く。

「………？　……へ！　え。あ、失礼しました！　ひいっ」

本当に閉めずに走り去ってしまった。

午前中、Gランクを集めてやっていた冒険者の心得《こころえ》を教える講習会の受講者だろう。

「おーい。あいつの忘れもんって、これじゃね」

ぽーい。私に投げてくれたのは、机に座っていた冒険者だった。

「あ！　ありがとうございます」

受け取った筆記用具入れを持って、逃げ出したGランクの人のところへ行く。

ちょうどギルマスに「Aランクが集まっているからといって、何か起こるわけではない。他言無用！」と、脅さ……教えられていた。

サブマスは自分の持っている資料を確認しつつ、廊下に出てきたところだ。

そんなGランクの彼は、先ほどAランク冒険者たちの注目を集めたせいか泣いていた。ギルマスに迫られている、というのもあるかも。

まさかどこか怪我したのかと思い『鑑定』したけど、特に外傷はなかった。

彼が自身の袖口で涙を拭くのを待つ。

その後、持ってきた忘れ物を渡した。

「ひゃ、ひゃりがとうごじゃいますぅ」

そんな泣かなくても……。

何年後か、あなたもあのような集まりに参加するかもしれないんですよ。

それを見てサブマスは、一連のことに肩を震わせて大部屋に入っていく。さすがに、声を出して笑うのは悪いと思ったのかな。

私もその背中を見ながら一緒に入った。

入るなり前置きを手短に言って、早速説明を始める。

「今日皆に集まってもらったのは……」

サブマスが、今回集まってもらった経緯を話す。ギルマスはGランクの人を口止めしてから来るのだろう。

今回集まってもらった理由である『能力値やスキルを計測する魔道具の開発について』を話し始めると、全員の目の色が変わったように感じる。

その魔道具について、「詳しく話せないけれど、現段階で言えるところまで言うね」と説明するサブマスに全員が注目した。

さて。なぜ、ギルマスではなくサブマスが説明しているのか。

というのも、魔道具製作者の中にサブマスの知人がいるらしい。

雷の日の会議でも魔道具のことを持ち上げていたし、サブマスは以前、本部にいた職員だから何となくそんな気はしていた。

伝手《つて》を使っていろいろ聞いたみたいで、このたびアーリズ支部で『新魔道具担当者』になったから説明している。

説明後、一人が軽く手をあげて発言した。

「魔道具を使っての計測実験……ですか。そのために一人出すのは、いいとしてですね。なぜパーティー全員にランクポイントが入るのでしょう？　人体に影響がある魔道具なのではありませんか？」

ね、思いますよね。

「初期動作実験を終えて、今のところ人体に影響はない、と向こうは言っているよ。ただ、能力がわかってしまうからね。関係者にしかわからないようにするといえど、弱点や特徴が知られてしまうかもしれない。そういうリスクがある。だからパーティー全員に入れるみたいだよ」

サブマスは、そういう質問は来ると思っていたよ、と余裕の顔で説明する。

私の疑問点から情報を集めていたんですね。さすが抜け目ない。

「Aランクだけで本部に行くわけではないよな。SランクやB以下も選ばれるのか」

「SランクからEランクまでね。人数はランクによってまちまちさ」

Sランクも行くとなれば、それが誰かは想像つくというもの。

アーリズには、Sランク一人とAランク五人で構成されたパーティーがある。それも二つも。

Sランクは二枠なので、二つあるパーティーのリーダーに、行ってもらうことになった。

本部からは0～二人という要請だったから、断られても大丈夫だったけど、二人とも快く引き受けてくれた。

皆が考えている人物と一致しているだろう。

ちなみにFとGランクは、他の町や村から出すそうだ。そのため、この町からは遠慮してくださいということらしい。

他にも質問が出たけど答えられるものには答えて、それ以外は「まだ答えられない」、または「本部に確認する」などと言っていた。

「……さて、他に質問はないかい。なければこのあと抽選してもらうよ。参加を希望しない人は退室してくれてかまわないから」

サブマスは質疑応答後、今回の件を辞退する者は退出するよう伝えた。

さあて、何人残るかな。

正直、私は半数は席を立つと思っていた。

むしろ、辞退者が多くて数を揃えることができなかったらどうするのかな、とも思っていた。

しかし……誰も席を立たない。

「では、説明終わり。あとよろしくね」

サブマスが誰よりも先に退出する。

また出かけるのかな。

連日どこかへ行っているようだけど、何しているんだろう。

別に下衆《げす》の勘ぐりではない。

昨日ギルドに一度帰ってきたとき、細い目を一層細くして表情が険しかったからだ。

どこかで問題でもあるのだろうか――。

バタン。

扉が閉まる気配で気を取り直す。

私は「くじ引き始めまーす」と言ったけど、扉が閉まった途端、一人の冒険者がさえぎった。

「くじ引」しか聞こえなかっただろう。

「パーティーから一人いなくなるんだろ？　じゃあ、人数少ないパーティーのリーダーさんは、やめといたほうがいいんじゃないか？」

「私のところのことですか。心配されずとも、自分たちのことは自分たちで解決します。おかまいなく」

「パーティーに残るメンバーが心配なら、単独でやっている自分は大丈夫だな。自分が今回の件、ふさわしいようだ」

……そういうのは仲間内で相談して、期間限定でメンバー増やしてもいいし、もちろん一人抜けたままでもかまわない、と説明しましたよね。なのでパーティーの人数は関係ないです。

「年数が若いパーティーは遠慮してくれんか。次こういうことがあれば参加すればよろしい」

「そっちこそ、じじいは譲りなよ」

パーティーの年数もメンバーの年も関係ありませんよ。あったら呼んでいません。

「そういうことなら『羊の闘志』さんも。他国にまで名が知れ渡っておる伝統的なパーティー。これ以上求めずともよいではないか？」

「伝統的というのなら、譲られるべきじゃねぇか」

譲る・譲らないではなく、くじ引きをこれからするんですよ。

「魔法使いこそ遠慮してちょうだいよ。うちはスキルがないんだから能力値くらい計測させて！」

「私だって水魔法しか使えないのよ！　筋肉バカは筋肉だけ使ってなさいよ」

出た。スキルないない詐欺。……いや、自身でわからないから詐欺ではないのか。

そこに、いつの間にか室内に入ってきていたギルマスが、口を開く。

「お前らいいかげんにしろ！　本当は俺も行きたいんだぞ」

それを聞いて私はびっくりした。

ギルマスまでそう言い出すなんて。

「え。ギルマスも興味あるんですか？　ぽんこつ……期待外れかもしれないんですよ」

それに皆さんもさっきからそんなに必死で。

そんなに測ってもらいたいものですか。

◇　◇　◆　◇

「皆さん、そんなに魔道具に興味あるんですか？　期待外れかもしれないんですよ？」

それを聞いたAランクの人たちは、皆一様に意見を言い始める。

「過大な期待なんぞしておらん。しかし、実際に試してみなければわからん」

確かにそのとおりです。

「シャルはいいわね。魔法二種類持っているんでしょ？」

私のことはいいですから。

「まぁ、受付さんが行きたくないのはよいことです。くじ引きの人数が減るのは大いに結構」

よし。「じゃあ、もう引きましょう。くじ」と言おうとしたら、そうはさせないとばかりに大声でさえぎられる。

「むしろ魔法使いは全員遠慮してくれない？　シャーロットを見習って！」

規定を話したじゃないですか。物理攻撃に長けた人も、魔法に長けた人も、できれば偏らず本部に来てほしいそうですよ。

「やかましいわね！」

先ほどの方に向けて言ったのだろうけど、室内全体がそうなんです。

私が呆《あき》れていると、二人の言い争いが再燃する。

それを見た皆さん、また舌戦《ぜっせん》を始めた。

そろそろくじを引いてほしいので、私は言い争いの中心に目を向ける。

それに感づいた周りの人たち。

机に足を乗せていた人がそれを下ろし、器用に足だけを使って、机ごと二人から離れた。

まだ食べていた人も、ガタガタと机を離す。

床に座っていた人は、すでに静かな人たちのほうへと身体を滑らせていた。

私を見て、一様に「さあ、どうぞどうぞ」と無言で先を促す。

（皆さん「ここで喧嘩はやめろ」と、二人を止めたりはしないんですね。はいはい）

でも、そんな避けなくても。

障壁魔法を使うわけではないんですから。

「つぶれな！」

「溺れ死ね！」

二人とも熱くなりすぎたのか、戦闘態勢に入った。

すかさず――。

「ランク落とすぞ」

「ランク落ちますよ」

ギルマス。ハモりましたね。

そう、この一言だけで十分。

「冒険者同士の暴力沙汰《ざた》は、どうなるんでしたっけ。お二人とも、Aランクの枠を皆さんに譲ることになりますよ」

つまりBランクに落ちますよと言っている。

不当な暴力行為であれば、ランクポイント没収からのランク落ち。冒険者なら誰でも知っている。いや、初心者講習会でまず教えるので、知っていなければいけないことだ。

「Aランクのくせして嘆かわしいこった」

しかも今ギルマスが目の前にいるので、言い逃れはできない。

もしかして、他の人たちはそれを見越して一切手を出さなかったのだろうか。

だとしたら、どれだけ王都に行きたいのか。私は首をひねらざるを得なかった。

「べ、別に本気じゃなかった……。でも！　うちが行く！　うちはスキルを持ってないからどうしても行きたい！」

「私もよ？　本当に魔法は使う気はないわ！　でもね、行くのは私よ！　あんたはその大盾振ってればいいのよ！」

それを聞いた私は言わずにはいられない。

「そう！　それですよ！」

私は大きな声で止めた。

いがみ合っていた二人が、はたと動きを止める。

動きが止まったのをいいことに、スキルを持ってないと言い張る人に向けて語る。

「そもそも、本当にスキルを持ってないんでしょうか」

他の人たちも何か始まったと黙り、見物を決め込んだ。

静かになったので続ける。

「その大盾ですよ。大盾を持っているのだから、『大盾』というスキルがきっとあります。だって、他の方でこんなに鮮やかに使える人は見たことありません。普通の人は軽々と大盾を使えません。だからきっとあります。もっと自信を持ってください」

最初は「受付も大盾を使えとバカにするの」と言いそうだった大盾リーダーは、ぽかんとした顔をしている。

私としては、盾という具体名を出してしまって大丈夫かな、と少し反省した。

もし、こちらのリーダーが選ばれたとき『鑑定』について気づかれるかな、と。だけど普段の様子を順序立てて言ったし、大丈夫だろうと思った。

もしものときは冗談だったのに当たったと喜んでおこう。それに本当は『盾術』というスキルだ。

次に反対側の魔法使いさんに語りかける。

「自分には水魔法だけと思っているようですけど……。でも、熱湯も出せるようになってきた、と以前言ってませんでしたっけ。きっと火魔法も使えるようになると、サブマスが言ってましたよ。だからもっと練習すればいいのにって。水も火も魔法は魔法なんだから、すぐ使えるようになるって言ってました」

サブマスは「火魔法使えたりして」くらいしか言ってないけど、今ここにいないんだから、全部サブマスの案にしておく。

これで、こちらのリーダーが選ばれて『火魔法も使える』とわかっても安心だ。

そして魔法使いのリーダーが、ぽかんとしているのをいいことに、室内全体に伝える。

「そもそもですね。皆さんパーティーのリーダーなんですから。メンバーの皆さんを率いる、えーと、ほら……引っぱっていく系スキルとか、そういうスキルを持っているはずですよ」

スキル名をそのまま言うと、もしものときが危険。

このぐらいぼかして言えば……。ぼかしすぎたかもしれないけど新魔道具でどこまであきらかになるのかわからないのだから、これくらいのほうがいい。

しかし、リーダーだけでなく、個人でやっている人もいるのだったと気づく。

いや、もういいよね。これだけ静かになったから本来の目的を言おう。

「それでですね。皆さん、仲良く一個はスキルを持っていることになりましたから。だから、潔くくじを引いてください」

持ってきたくじ引きの箱を掲げ持つ。

「ほれ、お前らより年下に言われてんぞ。そろそろ仲良くくじで決めろ」

ギルマスがこれで終了とばかりに手を叩きながら言ったそうそう。喉が渇いたんで。早く引いてください。

「……引っぱっていく系スキルか。はは、なるほど」

『羊の闘志』リーダーが面白そうにしている。

他人が言うと恥ずかしいスキル名かも。

「そうですよ。皆さん個性派揃いのメンバーをまとめているんですから。特に『羊の闘志』さんのところは、リーダーがいなかったら、ゲイルさんあたり何度も死んでそうです」

実際、あのときすぐゲイルさんの止血を指示したのだし。私は突っ立っていただけだ。

「はははは」

　すると、彼は突然笑いだした。

「よぉし決めた。こっちは、Bランクのゲイルを出す。だからAランクの枠は一つ空くぞ。特別に譲ってやる」

　まだBの枠空いてるだろ、と聞かれたギルマスが「空いとるぞー」と答えた。

「あいつ、スキル持ちだしな。有名なスキルじゃねぇが」

　ゲイルさんのスキルは、世間的には有名じゃなくても、このギルド内ではよく知られている。当人が「俺スキル持ってるぜー」と自慢しているからだ。

　ただ『魔力を力に変換』スキルは、誰もうらやましく思ってなかった。

　物理担当にとって自身の魔力はそもそも低く、魔法使いは魔法が専門で物理攻撃は仲間に任せるから使い道がない。

「確実にスキル持ちがいたほうが、向こうも研究しやすいだろ」

　そう言うと、席を立って部屋から出ていった。

「あ、待ってくださーい。ゲイルさんには専用用紙を書いてもらわないといけないんです。本人に、あとでギルドに来るよう伝えてくださーい」

　私は慌てて伝言をお願いする。

　リーダーは「おぅ、シャーロットも頑張れよ」と言って階段を下りていった。

　『羊の闘志』リーダーが言うのも一理ある。

　ゲイルさんが本部に、スキルを持っていることを伝えるとする。その魔道具の測定結果いかんで、改善点が見つけやすいだろう。

でも、………またもや実験じみたことに参加することになるんだね、ゲイルさん……。

「——はい、それでは皆さん……」

さて、やっとくじ引きできるよ。

と、箱を持った。

私は何となく……何とはなしに違和感を覚えた。

何だろう。

あ、『羊の闘志』リーダーが「頑張れよ」と言ったっけ。

何を頑張るんだろう……。

——ん？

そもそも、Aランクのリーダーがこぞって、言い争いすることがおかしい。

暴力沙汰を起こそうとするのは変だ。

口論していた二人は、ライバル意識があるけど、職員の目の前でやらかすほどお馬鹿ではない。

そんな人が、Aランクで長く活躍することはまずない。

……そういえば、私——。

そこであることに気づき『探索』スキルを発動させた。

（やっぱり！）

『探索』スキルで確証を得た私は、くじ引きが入った箱をひっくり返した。

隣にいたギルマスは、私の突然の行動に「何やってんだ？」と、不思議そうな声を出す。

最近同じセリフ聞いたなと思いながら、ひっくり返したくじを全部手早く広げた。

「ない」

『探索』でないのはわかっていたけど、わざわざそう言った。

外れくじしかない目の前のくじの山を見つめている私の目は、据《す》わっているに違いない。

「あは、バレちゃった？」

「ごめんって〜」

そう言った十名の手の中に当たりくじがあった――。


詳細はこうだった。

私がGランクの人に忘れ物を渡しに行ってすぐ、くじ引き箱から十名が当たりくじを失敬したらしい。

当然、当たりくじをゲットできなかった人から文句が出る。

すると、こういう案が出たそうだ。

――何をくじで決めるか知らないけれど、皆で賭けをしよう。

シャーロットが、くじの異変に気づくか、気づかないか。

全員くじを引き終わったあとに、気づかなければ『気づかない』に賭けた人だけで、正式にもう一回くじを引こう。

気づいた場合はその逆だ――。

「あんな短い時間で、よくそこまでやりましたね」

私は呆れた。

まだ説明もしていない段階で、よく『くじ引き』だけでそこまで考えつくものだ。

最初に私の気を逸らした人は、たぶん『気づく』に賭けた人。このままだと普通にくじ引きが始まってしまうから。

ということは、ノリで騒いでいた人たちは、私を疲れさせるための行動ってところかな。

確かに騒ぎが収まって、やれやれと思ったから、このままだったら気づかなかったかも。

「気づいてくれるかひやひやしたよ。何せ、直接気づかせるようなこと、言えないルールにしたからさ」

あんな短時間でルールまで決めるとは。

でも、誰がどちらに賭けようが、私には関係のないこと。

当たりくじは回収したし、まず確認しよう。

「ところで、この中で『そんな賭けはやめよう』と言った人います？」

しん、と静まり返る。

「なるほど。……それで。気づくに賭けた人たちで、くじ引きできると思っているんですか」

「え」

皆さん、賭ける賭けないの前に、すでに選択を誤っている。

「つまり面白がっていたんですよね。私が必死に、皆さんを元気づけようとしていたことも、『必死になっちゃって、ぷっ』と笑っていたんですよね」

「そんなわけ……っ」

それはともかく、前半の言い合いは楽しんでいたはず。

「ということで、皆さんにくじを引く資格はありません。全員お引き取りください」

「えー。でも本部に送るAランクはどうするの？　他のAランク……………あ」

気づきましたか。

「皆さんに声をかける前に、二つのパーティーからSランク二人を決めました。そこのパーティーはリーダー以外全員Aランクです。合わせれば、Aランク十名も揃います」

くじ引きの箱ごと私の収納魔法に入れ、ギルマスと目を合わせた。

「のんきなやつらに本部に行く資格なんぞないな」

ギルマスも賛同してくれる。

お互い時間を使わされましたからね。

「二パーティーだけにしぼって王都へ向かわせると不公平かなぁと、皆さんにも声かけしたんですけど……。やっぱり、あちらの二パーティーともに行ってもらうことにします。きっと、よいお返事をもらえるでしょう。それでは」

私はドアへ向かう。

「待ってくれ！　謝るよ！　ちょっと遊んだだけじゃんか」

いまさらですね。

「はいはい。私は弄《もてあそ》ばれたんですね。悲しいです。慰めてもらいに行ってきます。ギルマス、行ってきますねー」

「頼んだぞ～」

私は部屋を出た。

追いかけようとした人たちから「いっ」という声が聞こえる。

部屋前方に障壁を張ったからだ。

続いて「窓はどうだ!?」との声。

窓の前にも張るに決まっている。

「お、暴力はいかんぞ。ポイント減らすからな」

きっと誰かが（全員が）、私の障壁を壊すのに武器を持ったり魔法の準備でもしたのだろう。

ギルマスが釘をさした声が聞こえた。

続いて「ギルマス～っ」と泣きつく声。

しかし、彼らは近寄れないだろう。

ドア側にいるギルマスと、室内にいる皆さん。分けるように障壁を張ったからだ。

「残念だったな」

ギルマスはそう言いおいて、すぐ出られるのにまだ続ける。

「俺もこんなに時間かけられて、迷惑こうむったわけだ。ほれ。冒険者の心得にあったろ。敵にする相手を間違えるなと。お前らやっぱり、講習受け直したほうがよさそうだな」

その心得は、主に魔物相手の事柄ですよ。無謀《むぼう》に戦って死んではならないという項目です。

「そうだ！　お前らが持ってる、引っぱってくるスキルでも使って、シャーロットを引っぱり戻……」

私は階段を下り切ったので、それ以降のギルマスの冗談も、笑いも聞こえなくなった。

障壁は私が一定距離離れると、自動的に消えるのでそのまま放置。

その足で、Sランク一名・Aランク五名のパーティーがいる場所へ向かった。

『探索』という便利スキルで、幸い二パーティーとも彼ら・彼女らの拠点にいることがわかったからだ。


結果、パーティー全員仲良く本部に行けると聞いて、二つのパーティーとも快諾してくれた。

すぐに本部に送る書類を書いてもらう。

この書類こそ、本部に行くために必要な物。これを書いた人が、新魔道具の測定に参加できる。

最初に訪ねたパーティーの人たちからストロゥベルジュースをいただいて、二番目に訪ねたパーティーからはアイスティーをいただいた。カラカラの喉もすっきり。

今日はやけに無駄にしゃべったからね。

むやみに『鑑定』結果を言ってはならない、という戒《いまし》めかもしれない。

とりあえず、SからAランクの枠がぴったり埋まって、満足気にギルドに戻った。

◇　◇　◇　◆

門前に、E~Sランクの冒険者たちが集まっていた。皆、遠征に行く格好だ。

「怪しいと思ったり、痛いことされたら逃げ出してくださいね」

私はゲイルさんに注意を促した。実験に縁の深い人だから心配で。

ていたら大変だし。

まぁ、本部から帰ってきたら、『鑑定』スキルを使って確認するけど。おかしな状態異常が付いていたら大変だし。

「俺より、この町だぜ。俺がいなくてスタンピードのとき、だいじょぶかー？」

大きな声だったから、聞きつけた（主にAランクの）冒険者さんたちに「若造に心配される筋合いねーぞ！」「王都から帰ってくんな！」「魔力でも吸われてろ！」とか言われていた。

王都に送る冒険者を無事選定したのち、本日全員で行くことになったのだ。

結局、SとAランクはもちろん、BとCランクの枠も、Aランクパーティーが独占してしまった。

あの日ギルドに戻ったあと、Aランクのリーダーたちがこぞってやってきた。そして、土下座した。しかもギルドのど真ん中で。

彼らの『土下座』は、私の前世の記憶にある『土下座』と酷似していた。

でも、この世界では初めて見るものだった。どの国でもそんな礼は存在しない。

（——謝罪かと思ったけど、違うかもしれない。意味の違う独自の姿勢？　怒りを隠しきれない……とか？　あ、決闘の申し出だろうか）

いろんな可能性を考えていたら、フェリオさんが教えてくれた。

たぶん、私がこの国出身ではないから意味がわからないと察してくれたのだろう。

「これらは、土下座。この国の最大級の謝罪方法。初代王が王妃に、このような姿勢で謝罪したことがはじまり」

『許してください、と額を床に擦りつけた。』と、歴史書に載っているらしい。

——歴史上の有名人が何をしでかしたのかはともかく、私の知っている土下座と一致した。

「ちょっと怒った顔が見たかっ……いえ！　遊びが過ぎました！　すんません！」

「せめて自分のところの、BやCランクのメンバーを、入れてもらえないでしょうか。お願いします」

少々どうでもいい理由が交じっていたけど、敬語を使ってまで謝っている。

とりあえず、このままにしておくと、変な噂が広まってしまうと考えた私。

急いで立ち上がらせ、「私も、くじ箱置きっぱなしで無用心でした」と話を聞いた。

そしてBランクとCランクの枠に彼らの仲間を入れることにした。当然全員は入らなかったけど、今度は普通に話し合いで決まった。

「気をつけてな！　あと、その荷物頼んだぞ。盗んだり、盗まれたり、破損させんなよ」

荷物とは、アーリズのギルドから王都・本部に定期的に送っている定期便のこと。そして、今回の件であらかじめ書いてもらった書類のこと。

定期便については、今回ちょうどよく王都に冒険者が大挙して行くのだから、ついでに送ってしまおうという魂胆《こんたん》だ。

このたびの大勢の移動は、とても都合がいい。

御者や荷物管理担当の護衛（移動は馬車なので）、自分たちの身の安全、自分より低ランクの者の護衛、無事にたどり着くこと、荷物を安全に届けること——全部一回で済む。

もちろん、ランクポイントも報酬も出る護衛依頼にした。

魔物はともかく、冒険者ばかりの集団を襲う盗賊はいないだろうし、あの辺に出るという噂もない。

冒険者総勢三十一人。そのうち二パーティーはパーティーごと赴くので連携もできる。心配無用だろう。

先頭のほうで出発の号令が聞こえた。

「お、もー出発か。じゃーなお前ら。寂しくて泣くなよー」

お調子者のゲイルさんは、仲間を前にしてわくわくした気持ちを抑えられない様子で行ってしまった。

言われた仲間たちは「あっちで問題起こさなきゃいいけど」と、ぽつりともらす。

泣きはしないけど、ここまで抜けるとギルド内が静かになるかもしれないね。

いってらっしゃい。

番外編　新人受付嬢

日の光が、カーテンの間から差し込む一室。ぼんやり差す光が、室内の埃と重なりきらきら光る。

この家に長く住んでいる主と馴染み、部屋からは静けさと風格がにじみ出ている。

それを際立たせているのが、室内にある本棚。部屋の主の五倍ほどもある高さだ。そこに、びっしり並べられている本。さらに床にも横積みにして置いてある。

世界的に紙は貴重で、本を持っている家は貴族くらい、というのが他国の常識。だが、この国では貴族でなくとも、多少高価であることを覚悟すれば買える。『多少高価』で済むところが、この国の豊かさを表していた。

フォレスター王国。

五百年ほど続いている、多種族国家だ。

それぞれの種族の得意分野を活かして、農業、商業、製造業などが盛んである。それにより、製紙技術も他国よりずっと高い。

そんな本は、横に積まれて上の面が少し埃をかぶっていた。

本は横にして積むと下の本が傷む。それくらい部屋の主はわかっていた。その本は捨てるなり、売るなりしてやろうとわざと置いていたからだ。

装丁が立派な『魔物図鑑』。

ギルドを辞めたのだから捨ててもよかった。だが本に罪はないし、せっかく買ったのだから置いたままにしてある。

　パタン。

　彼は読んでいた本を閉じ、しまうことにした。

　今日は、このあと人と会う約束があるからだ。

　しまうときはもちろん元の場所へ戻す。だが、本は彼の身長よりずっと高いところから持ってきていた。この部屋には、脚立《きゃたつ》など足場にできるものはない。

　ならば、どのようにして本棚の上から取ったりしまったりするのか。

　――少年の姿をした彼は、本を持ったまま、自身の背にあるガラスのような羽を広げた。羽ばたかせて、予備動作もなく天井の高い室内を舞い、元の位置に本をしまった。


「初めまして！　シャーロットです。十五歳です。このたび、こちらのギルドの受付をやることになりました！」

　フェリオの家で、その元気な声は響いた。

　彼女は冒険者ギルドの職員の制服を着て、礼儀正しく挨拶をする。

　フェリオから見れば彼女は若すぎるが、それは今置いておくことにした。きっと、今のギルドに好き好んで入りたいという者は、彼女ぐらいなものだから。

　それよりも――、彼女はファミリーネームを言わなかった。言いたくないのか、言えないのか。

　フェリオはかすかに片眉を上げた。しかし、それは単純なことだった。

「実は私、今まで冒険者をやってまして。最近Aランクになりました」

テーブルの上に出した、Aランクを証明する新品の金のカード。そこに『シャーロット』としか表示されていなかった。

この国では、平民でもファミリーネームを名乗る文化があるが、他国ではほぼない。冒険者ギルドの登録者カードには、偽名はもちろんのこと、省略した名前も記載することができない決まりだ。

彼女は、Aランクを自慢する意味で登録者カードを提示したのではない。自身の身元に間違いがないことを証明するために出したのだ。

彼女の腕に、年齢に反してやけに年季の入った腕輪があったが、冒険者なら持っていてもおかしくない。

そもそも、彼女の表情は明るく快活で、特に後ろ暗そうな雰囲気はなかった。

「フェリオ・ピクス」

対するフェリオはそれだけを名乗った。それしか名乗るべきものがなかったから。

以前は「冒険者ギルド・アーリズ支部の査定担当」だったが、現在はその職に就いていない。前ギルドマスターのやり方に猛反発して辞めたからだ。いや、辞めさせられたというべきか。

――どちらも結果は同じだ。

『これからは、買い取るときにより安い値段で買い取る。さらに、今まで以上に上乗せをした金額で売る』

当時のギルドマスターは、そんなことを言い出した。

ギルドだって商売だ。売り上げを伸ばすことは大事だろう。だがそのようなことをしては信用をなくしてしまう。

フェリオはもちろん反対した。

しかし、そのときすでに周りは、前ギルドマスターの息がかかっている者ばかりになっていた。

「固すぎる査定」だの、「もっと利益を上げろ頑固親父」だの言う声が多く、しまいには「方針に逆らうやつは辞めろ」と、前ギルドマスターが言うので辞めた。フェリオは「馬鹿馬鹿しい。こちらから辞める」と出てきたのである。

そもそも、利益を無理に上げる理由を見出せなかった。このギルドはダンジョンが近くにある有名な町。わざわざそのようなことをしなくとも、利益は十分あった。

それでもお金を得たかった理由。

それは、この町を治めていた領主が進めていた計画に必要だったからだ。

こんなことが起きるなんて、誰が想像しただろう。いや、誰も想像していなかったから、計画が人知れず進んでいたのだ――。

前ギルドマスターとともに王都に連行された者。

その人物は、アーリズの町とテーブル山ダンジョンなどを領地としていた領主だった。

この二人の罪状は、国家反逆罪。

王位継承順位第一位の王太子と、その他王族の殺害を計画していたとされている。

堂々と言の葉に乗せるのもためらわれるので、街中でこの話題は積極的にはのぼらない。

ただ、アーリズの町の住民は動揺を隠せず、今も町は重い雰囲気のままだ。

「本当に……彼らは、そのような大それたこと……」

「――まー。……お触れどおりだ。俺から言えるのは、『事実』だったということだ」

今日フェリオを訪れたのは、こちらの女性だけではない。前サブマスターであり、つい先日、新しくギルドマスターになったアトラス・アレクトスも一緒だった。

彼は、前ギルドマスターたちがしでかした事件を解決した一人として、評価が上がっている。その功績により、このたび冒険者ギルド・アーリズ支部のギルドマスターになった。

そのギルドマスターに昇格した男が、フェリオへ面会をもとめてきたので本日会っている。

「それでな。前言ったように、全部終わったから戻ってきてほしい。……いや！　むしろ戻ってきてください！」

お願いします！　と、二人とも声を揃え頭を下げた。

頭を下げた新ギルドマスターは、耳と尻尾に熊の特徴が出ている獣人で、隣の小柄な女性と比べると三倍くらい大きく見えた。

シャーロットは十五歳と自己紹介していたが、それにしては小柄である。

「前言ったように」というのは、当時サブマスターだった彼が、ある日神妙な顔をして言いにきたときのこと。

『そろそろ片がつくからよ。落ち着いたら戻ってきてくれないか』

そのとき今後の展開を知らなかったフェリオは、「ギルド内で反乱でも起こすの」と聞いた。彼ははっきりと答えなかったが、表情では決着をつけると物語っていた。

だからフェリオも「環境が整ったら考える」と答えている。

「それとな。これで、俺も晴れてギルドマスターになったからよ。正式に謝らせてくれ。ギルドを不当に辞めさせてしまって、冒険者ギルドのマスターとして、すまなかった」

――彼が謝らなくてもいいのだが、アーリズ支部の長として、そうも言っていられないのだろう。

「謝罪はいい。……いやこういうの、謝罪を受け入れる、と言ったほうがいいのか……」

「お、じゃあ……？」

新しいギルドマスターが来訪すると決まったときに、フェリオも話の内容に見当がついていた。

もう答えが決まっていたので即答する。

「うん。ギルドに戻る。でも査定額はごまかさない」

必要ないだろうけど釘をさしておく。

「おお！　ありがとう!!」

「わぁ！　ありがとうございますー！」

二人は盛大に喜んだ。

喜び方が尋常ではない。

少女がぴょんぴょん跳ねるのはいいが、新ギルマスのぴょんぴょんは床が心配になり止めた。

「……人手、足りない？」

「そのとおりなんだ！」

前のギルドマスターが捕まったあと、関係者も連行された。

ギルド内にいた職員は、解体チームの一部を抜かして全員お縄。現在ギルドの受付は新ギルマス、サブマス、こちらのシャーロットで回しているらしい。

「シャーロットも少しは査定できるんだけどよ。他の仕事もあるから、さすがに一人では無理……

というか、買い取ったあとが大変でな。売りつけのとき、肉やら、足の早い物しか持っていってくれん……。毎日、商人どもに早くお前を戻してこい、話はそれからって言われてな」

「商人さんが信用するのもわかります。とてもしっかりとした査定をするので、買うほうも安心と言ってました。私もそうお見受けします。何たって、『魔物学』ス……」

　やや興奮しながらしゃべっていたシャーロットが、言葉に詰まってしまった。

「……魔物学す?」

「いえ、そう！　魔物学習が素晴らしいと思ったんです！　あんなにたくさんの魔物の図鑑をお持ちだなんて」

　左右を見、床に横積みしてあった魔物の図鑑を指さした。言い間違えることは誰にでもある。

　フェリオも特に気にした様子はなかった。

「この、ばかデカい本棚……圧巻だな」

　こちらは上を見て感想を漏らす。

「……それより。いつから行けばいいの」

「すごく申し訳ないんだが、本当にすぐ来てほしい……」

　アトラスは切実に言い、逆にいつから来られるか聞いた。

「暇だから、すぐ行ってもいい」

「やったー！」

　でこぼこコンビの二人は、手を叩きそうな勢いで喜び、同時に安堵したようだ。

「よかったよかった。一応、泣き落とし要員としてシャーロット連れてきたけど、杞憂だったな」

「え、私、荷物持ち要員じゃなかったんですか」

その細腕では、到底荷物持ちは無理。彼女の外見から誰もが冗談と感じる。フェリオも例外ではなかった。

「とりあえず、今は必要最低限のものだけ持っていくよ」

そう言い置いて、フェリオは自身の机まで向かった。そこの引き出しから、ペンを取り出して用意する。

「白金貨一〜二枚……？　高価なペン……」

シャーロットが驚いたようにつぶやく。

それは、彼が数十年前に買った、ペン作りで有名な商会のペンだった。妖精族は愛用品にうるさい者が多く、フェリオもその例に漏れない。

彼は、彼女がどのくらい高価な物を見たことがあるのか知れた。

「触ってもないのに。よくわかる……」

シャーロットはペンも持たず、一目見てあっさり答えた。フェリオはそれに少し感心する。

「え、あ」

「どこかで見た？」

「そう！　どこかで見たことがあって……ははは」

慌てていたシャーロットは、フェリオの言葉を肯定する。

高価な物を扱う商会だ。彼女は冒険者をやっていて、さらに高ランク。もしかしたら高価な物を見慣れているのかもしれない。

その様子を見て、フェリオは確認のために新しいギルマスに聞いた。

「で。この子を育てることも考えていると……。だから今日連れてきた」

「おお！　言わなくてもわかるか。助かる！」

「よろしくお願いしますっ」

シャーロットは先輩職員に再度頭を下げた。職員がほとんど抜けているなら、一人でも多く査定ができる人物が必要だろう。フェリオでなくともわかること。しかし、彼女にはしっかりと念押しをする。

「すぐにできるものじゃない。そこは根気よく」

「はいっ！　お願いします」

フェリオは、ギルドを追い出される直前も、同じことを当時の査定担当候補に言った。そのとき言われた返答と正反対の返事を彼女は返す。

「しかし……。君はまだ若い。冒険者としてもやっていけるはず」

人手も少なく信用も落ちたギルドにわざわざ入職する理由は何だ。Aランクなら、そのまま冒険者をやっていたほうが若い彼女には似合う。いくら十五歳で成人したばかりといえど、新ギルマスやフェリオにとってはまだ子供だ。

「人数足りなくて大変だと思いますけど……。でも、これは私にとって幸運な出来事なんです。通常の状態だったら、こんな大きな町のギルドに入るのは難しかったはずです」

つい最近やってきた若者がギルドの受付をやりたいといっても、なかなか入れなかっただろう。

しかし、今は空きがたくさんある状態。今を逃してはならないとのことだった。

「それに私、事務は初めてじゃな……いえ、感覚としてはその……、と、とにかく頑張ります！」

冒険者になる前に、何か近いことをやっていたのかもしれない。フェリオはそこまで深くは考えなかった。

「この町にあこがれていたんです。この町に住めて、職もある。一石二鳥です！」

この町は冒険者にも愛されているが、町の景観から一般人にも人気があり、定住希望者が多い。彼女も定住狙いだったのだろう。嬉しそうだった。


その襲来の際、誰が一番早く気づいたのだろうか。

少なくとも『探索』スキル持ちのシャーロットではなかった。

彼女は先ほどから失言に失言を重ねていて、バレないよう、その辺の普通の娘に見えるよう、考えを巡らせていて気づけなかった。それに彼女の『探索』範囲では、空高く飛んでいるあれをまだ感知できなかったはずだ。

先に気づいたのは、城壁を修理している老人だった。

彼は、長年城壁などを修理する壁職人。

彼と仲間たちは本日、城壁の真上で作業をしている。風が気持ちいいけれど、その風に吹かれて事故が起こらないよう十分注意していた。

今日は天気もいいので、さらに仕事が進むだろう。

そんないい気持ちで、少し上の空を見上げた。昼が近いので真上を見ると目が痛そうだし、首も痛めそうなので少し斜め上を。

そのとき大きな影を見たような気がした。

彼はこの町に長年住んでいる。この町はしょっちゅうスタンピードが起こるので、また魔物かもしれないと警戒した。

目を凝らした彼の表情はだんだん強張《こわば》っていく。

そして、近くの仲間を呼んで急いで作業を中止し、避難を始めた。逃げる際に周りにも注意喚起《かんき》する。

「慌てず下りるんじゃ。……そんな、あんな魔物が……数十年見なかったというに……」

彼の仲間たちもおおむね同じ感想だった。

あの空を飛ぶ魔物は明らかにこの町を狙っている。

今度は何人死ぬのだろう。自分は生き残れるだろうか。

この町は魔物慣れはしているが、唯一城壁の構造上、空から来る魔物に弱かった。

いつもなら、魔物の情報に強い冒険者ギルドが、いろいろな町から情報を仕入れて、警告を発し撃退計画を立てる。だが、ギルドは最近ごたごたが収束したばかり。飛行する魔物の情報を集めて精査する時間はなかっただろう。

それか、領主が周辺の領地から情報を掴むこともできたはず。だが領主も最近新しく着任したばかりだった。

すべての要素において、今回後手に回ることになってしまったアーリズの町。

この日は、冒険者ギルド再始動後、初の大仕事となる――。

◆◇◇◇

晴れていて雲が少ない空。

もうすぐ昼時で、いつものこの町なら、通りもにぎわっていただろう。

だが、人通りはいつもより少ない。さらにこの三人の周りは、人が遠巻きに見ているせいでもっと少なかった。

周りを全く気にしていない、冒険者ギルドの新しいギルドマスター、アトラス。

周りからやや好奇な目で見られるも気にしない、査定担当のフェリオ。

周りより今後の方針を話すのに夢中な、新人職員のシャーロット。

「とりあえず、ギルドの内装を変えるのが当面の目標です！　床がいくら拭いてもベタベタするし、ぬれたら滑るし、何より臭いんです。雰囲気も暗いので、明るく清潔なものにしたいと考えています」

以前の職員は床も拭けなかったらしい――とシャーロットは語った。ところどころ汚れがこびりついて、落ちなくなっている床を含めた内装全体を改装したいと、新ギルマスと計画していた。

刃物などの傷あとも、床や壁に刻まれており、見た目を一新したいというのがギルド内の共通の意思だ。

「問題はいつになるかだよな。予算が下りなくてよ。やりたいなら大物狩ってこいだってよ。あのサブマス」

ギルド職員が討伐に行ってどうする……と、ぼやく新ギルマス。

アーリズ支部のギルドマスターに前サブマスターが就任したことで、今度はサブマスターの席が空いた。そこに誰が座ったかというと――。

「……ま、フェリオとは合うかもしれんな。本部から来た新しいサブマスター。エルフなんだけどな。かなりきちっとした会計担当だぞ。今度は、査定額をごまかせとは言われんだろうな」

前サブマスターだったアトラスが、新しくギルドマスターになったのは、今回の功績によるもの。ギルドとしても、『今度は後ろ暗くない人がマスターになった』という印象を与えるのにちょうどよかった。しかも、前ギルドマスターの不正を正面から撃破したと、鳴り物入りで就任した。

かといって、すんなり冒険者ギルド再開とはいかない。

不祥事があったギルドだ。

今後二度とそのような事態にならないようにします、という体裁が必要だった。そこで、本部から監視の役割も含む人材が送られてきた。それが今回サブマスター兼会計担当になった男性のエルフだ。

「てなわけで、あのすました糸目に留守番任せて、フェリオんとこ来たわけだ」

「ふふ。確かにまだ固いですけど、たぶん笑い上戸ですよ。おじいちゃんサブマス。入り口に置いといた人たちを見て、口押さえて肩震わせてましたから」

『入り口に置いといた人たち』というのは、最近ギルドを襲撃して失敗した者たちのこと。

前ギルドマスターが捕まって、関係者は一網打尽《いちもうだじん》にされたが、まだ彼の息がかかった者たちが潜んでいたのだ。

その者たちは、新しいギルマスと細っこい小娘が二人だけのときに襲ってきた。

小娘のほうを人質にして優位に立とう――そう考えた男たちは、各々《おのおの》武器を取り、彼女が泣き出すのを期待した。

しかし、その小娘に謎の壁で攻撃されてしまう。

その一瞬の隙を逃さず、アトラスも熊パンチで応戦。倒れた悪漢は、とりあえず邪魔なので入り口横に積んでおいたのだ。

そこに帰ってきたエルフの新サブマス。笑いのツボだったのか、吹き出してギルドに入っていったというわけだ。

「君は、魔法使い?」

「はい。あのときは障壁魔法で押し出しました」

この体格の人族が大剣を振るうことはないはずと、一応確認するフェリオ。

障壁魔法使いは珍しくはない。自身の身を守る盾として使う者が多い。この話を聞くだけなら、ギルドの扉くらいの大きさだと誰でも思うだろう。

「あの糸目の年齢聞いたのか? やっぱり若い子には口が滑るもんなんだな」

アトラスは、新サブマスの年齢を知っていることに注目したようだ。本部から来た彼は、必要なこと以外話さなかったので、アトラスにとってはすました印象だった。

「……あ、いえぇ。エルフさんならお年をめしているかな、と思いまして……」

十五歳の彼女は言い淀んだが、彼女と比べれば、確かにエルフは長生きなので、二人は気にしなかった。

特に確認せず、決めつけで言ってしまったのだろう。決めつけはよくないことだが二人は特に何も言わなかった。

アトラスにとってはどうでもいい事柄だし、フェリオは肝心の新しいサブマスを見たことがなかったからだ。

「それより。その輩、まだ残っているのでは」

ギルド内は、解体担当と新サブマスしかいないことになる。心配になったのか、フェリオが聞いてきた。

「エルフだから魔法ぐらい使えっだろ」

「危なそうなら、私が駆けつけるんで大丈夫ですよ」

フェリオの心配について、アトラスは適当に、シャーロットは自信ありげに言った。

「ははは。どうやってわかんだ？『探索』持ちじゃねえだろ」

『探索』というスキルは、世間一般に認識されている数少ないスキルだ。主に斥候担当が持っている。

「え。……ふふふ、女の勘ですよ。……あ、それより慌《あわただ》しそうですよ。上の人たち。…………ん？」

彼女は何か不都合でもあったのか、慌てて話題を変え、修復中の城壁の上を見た。

アトラスとフェリオは、彼女が城壁の上を見ているので、その視線を追って壁の上を見る。確かに何か慌てているようだった。

そのときアトラスが、毛を逆立て緊張感のある声を出した。

「何か来《く》っぞ!!」

直後、大きな鳥のようなものが空を横切り、落とした影が彼らを一瞬暗くする。

そして、その勢いのまま上空へ一気に上がったようだ。

「気を抜くな」

「フェリオ！　まさか、こいつ……」

フェリオは鋭く注意し、アトラスは自身の嫌な予感が正しいか、魔物に詳しい彼に聞く。

フェリオは目だけ上を見て、魔物の名前をつぶやいた。

「くっ、やっぱりか……！　急降下してくるぞ！」

アトラスは一瞬見ただけだが、フェリオの知識もそう言っている。あれは一匹でも町に大きな爪あとを残せる魔物。村単位ならば全滅もありえる。

なぜなら、それは城壁を軽々飛び越えて、一気に人々に接近し暴れつくすから。

その魔物とは――――。

「早く建物の中に避難しろ！　キングコカトリスだ！」

新ギルマスのアトラスは、大声を出して周りの住人に注意喚起した。

しかし、――彼女は動かなかった。

「ちょっと、壁際に寄っててくださーい」

それどころか緊張感のまるでない声で、二人に建物の陰に入るよう言う。目は上空を見たままだ。

「こっちを目標にしてくれないかな……あ、そうだ！」

彼女はそうつぶやいたあと、いいことを思いついたような顔をした。

「キングコカトリスさーん！　こっちこーい！　このっ、鶏肉！　ばーかばーか」

ぴょんぴょん跳びながら、大きい声で、しかし棒読みで叫ぶ。

彼女はキングコカトリスを挑発しているつもりかもしれない。だが、周りからは無謀なことをしているようにしか見えなかった。

「な……。サブ……ギルマス！　やめさせろ」

一瞬、以前の呼び方になってしまうフェリオ。

無謀としか見えないシャーロットを止めようとするが、届かない。アトラスに、建物の陰まで引っぱられていたからだ。

「……おい、シャーロット。大丈夫なんだろうな？」

反対にアトラスは、ただの確認のように聞く。

「はい。そろそろ急降下で来る頃なので。さらにこっちに寄ってくれるといいんですけど」

シャーロットは上空を見つめ、手をひらひらさせたまま答えた。

「何っ、している」

フェリオがやや焦りを含んだ声で聞いた。

「あんなの飛んでたら危ないですよー。とっ捕まえないと」

フェリオと比べ、かなりのんびりした声だった。

「障壁……か」

フェリオはかなり混乱した表情だった。無理もない。先ほどの話では、障壁といっても不届き者を数人押し出した程度。しかも大きさはギルドの扉ぐらい。

キングコカトリスは、非常に大きく上級の魔物に分類される。ギルドを襲った連中とは、力もランクも大きさも違うのだ。障壁では勝てない、という考えに行きつくだろう。

それとも、それ以上の大きさを出せるのか。彼女は王都にいるような障壁使いのように、大きな壁でも作れるのか。しかし、いくら大きい障壁を作れるとしても、急降下を止めるなど難しい。本当にキングコカトリスなら、急降下の威力はすさまじいものだ。障壁で抑えることなどできない。

これが一般的な考えだった。

アトラスが急降下したあとの対応を思案し、フェリオが珍しく混乱していると、それは落ちてきた——。

——ゴぉんッ！

いや。ドンという音にも、ギャンという音にも、バァンという音にも近い。とにかくすさまじく大きな音が聞こえ、衝撃で町の空気が震えた。ついでに、何かが折れたような音も——。

その光景を、一部始終見ていた者がいる。

先ほど城壁を直していた老人だった。

彼は仲間と城壁の作業場から下りて物陰に隠れたのち、その災厄《さいやく》がどこに降り立つのか確認したかった。

いや、降り立つというのは語弊《ごへい》がある。キングコカトリスの習性として、人のいる場所を襲うときは、急上昇してから急降下をする。その動作で人や、建物や、道をくちばしで突き刺すことが多い。

大きいのになぜ飛べるのか、なぜわざわざ急降下するのか。理由など、魔物の研究者ではない彼にわかるはずもない。ただ、知識として知っている。

彼は誰かが突き刺される光景は見たくなかったが、仲間とどこに逃げるかを考えなければならなかった。

だから着地場所を確認するために、町の上空をこっそり見渡す。

そこで影がまっ逆さまに落ちるのをたまたま見つけた。

「あそこじゃ！」

そう叫んだとき、その魔物が急降下して地面が揺れるのを覚悟し、目をつむった。

しかし、揺れたのは地面ではなく空気だった。すごい音とともに顔の皮膚《ひふ》が揺れた。

だが、彼には音も顔の感触も気にしている余裕はない。

薄く目を開けたために、衝撃的な光景を見てしまったからだ。

屋根の上ほどの高さに、それはいた。その魔物は空中に止まっている。

顔を下にして急降下の姿勢のまま、ややつぶれた形で固まっていた。

まるで何か見えない壁に阻まれたかのように。

◇◆◇◇

大気が震える。

その衝撃だろうか。こぶし大の大きさの屋根の一部が落ちてきた。

建物の影に隠れていた二人は、すごい音がしたにも拘らず、一向に魔物が降りてこないのでそっと上空を窺った。

「うおっ」

アトラスはシャーロットの真上で、魔物が止まっているのを見た。顔が真下になっているのでよく見える。痙攣《けいれん》しているようだ。

オフホワイトの羽毛、金のトサカ、尻尾はクリムゾンサーペントにやや近い色。普通のコカトリスより二回りほど大きい。『キング』の由来は、コカトリスより大きく、強く、何よりトサカが金色で王冠をかぶっているように見えるから。

――『魔物図鑑』を熟読しているフェリオがこのとき冷静であれば、キングコカトリスについてこう説明してくれるに違いない。

シャーロットが出したであろう屋根の上にある障壁は、横たわって浮いていた。キングコカトリスを真っ向から受け止めるような配置だ。

頭から障壁に突っ込んだせいか、魔物の全身が痙攣している。顔もつぶれていた。

くちばしを見てみる。障壁が割れなかったということは、表面に刺さるだけにとどめたのか。いや、よく見てみると、くちばしもやや曲がっている。

彼女の出した障壁は透明といえど、日の光が反射して正方形であることがわかった。そして、くちばしのあたりは割れるどころか、ひびさえ入っていない。

ひびの確認をしているとき、すでに同じ大きさの透明な壁が、他に五枚出ていた。まず四枚が、キングコカトリスを囲むように配置される。先に下方にあった障壁の一辺と、新しく出した障壁の一辺がくっつくように重なった。四枚とも下と左右の辺がほぼ同時にくっつく。箱のようになったあと、上にあった最後の一枚が、完全に蓋をするようにぴったり閉じられる。

キングコカトリスが、透明なガラスの立方体に捕らわれた。

その後、気絶していたキングコカトリスは力をなくして横転。しかし、この魔物はもう箱の中の鳥。箱の中でころんと転がっただけだった。

「すみません。地面に下ろしたいんですけど……」

「……お、おう……そっち行った広場が近いな」

アトラスはびっくりしつつもシャーロットを誘導する。

キングコカトリスは、城門を通り抜けられるかどうかというくらいの大きさだった。その魔物を透明な立方体が囲んでいる。しかも少し余裕がある作り。広場しか思いあたらなかった。

「何だ今の音は！　……っうおっそん、え」

「……きゃ━━……！　ぁぁぁ…………ん？」

「ど、どういう、……き、騎士団に知らせろ！」

魔物が急降下してから、すばやく障壁で閉じ込めた。だから、音に気づいた人たちが空を見る頃、空中で横たわっている魔物がいるということしかわからない。

――魔物の襲来だ！

――いや、何だか様子がおかしい。

街中騒然となる。

「あ、安心できるように、色をつけたほうがいいですね」

よく目を凝らせば、光に当たって、立方体の中にキングコカトリスがいるように見える。しかし、ぱっと見ただけでは難しかった。

キングコカトリスが、空中でぐったりしているようにしか見えない。

それがわかったのか、シャーロットはその立方体をうっすら青色にする。

このやりとりのあいだ、フェリオはただただ上空に浮かぶ魔物を見ていた。

キングコカトリスが来て、このAランクになったばかりの子供が障壁魔法を使って防御。あまつさえ閉じ込めている。

そんな口が半開きのフェリオに、ギルマスはこっそりと教えた。

「驚いたろ？　実は、シャーロットもあの事件で活躍してんだ。ま、これは一応内緒な」

そうこうしているうちに、広場まで着く。

「すみませーん。下ろすんで、どいてくださーい」

広場にいた人々は、頭上にキングコカトリス、下にギルドの制服を着た少女を交互に見て、一斉に離れた。

キングコカトリス入りの障壁正六面体が、広場に着地する。

重たそうな音が響いた。

「ふぃぃ～」

障壁を浮かせるのは、やはり疲れるのだろうか。彼女はそんな声を漏らした。

すると、振動が伝わったのか、気絶していたキングコカトリスが起きた。

「きゃ――――！　目を覚ました！」

「皆、離れろ！」

騒然とする広場。

「んく。……大丈夫ですよー」

当の障壁で囲んだ魔法使いは、いつの間に出したのか、魔力回復ポーションを腰に手を当てて飲んでいる。まったりしている彼女に腹が立ったのか、キングコカトリスが障壁を壊そうとガンガンと障壁をつついた。

「壊そうとしているぞ！」

周りにまた叫び声が上がったけれども、彼女はどこ吹く風。一緒にいた二人を呼んで、何やら相談している。

そこに、異変を感じとった騎士たちが到着した。

隊長らしき人物。部下も一緒だ。

ここに来るまでに、魔物に詳しい人が種類を伝えたのだろう。大きな被害が出ていることを前提に、決死の覚悟ですっ飛んできた。

「――――ほ、本物なのか……？」

この魔物が本当にキングコカトリスならば、今ごろ大惨事のはず。しかし、この場は土埃も、血の臭いも、叫び声も聞こえない。ざわついているだけ。

ざわついている理由はこれだ。

広場で見世物になっているキングコカトリス。謎の立方体に囲まれている。

「ア、アトラス！　こ、この状況を説明したまえ！」

こちらの騎士の隊長と冒険者ギルドの新しいギルマスは、腐れ縁だ。

ギルドが腐っていても、スタンピードのときに持ちこたえられたのは、この二人の連携があったからだと言える。

「この薄青い壁はな。うちの新しい受付の魔法なんだ」

「はい。最近、冒険者ギルドの職員になりました。シャーロットと申します。よろしくお願いしまーす」

それを聞いて、街中の視線が彼女に注がれる。

この大々的な紹介は、一気に彼女の名前を知らしめた。

彼女は、キングコカトリスを捕まえるのが初めてではなかったので、ただ単に職員であることを伝えただけだった。後日、想像以上に目立っていたと知ってちょっぴり後悔する。

細いギルドの受付嬢と、巨大なキングコカトリスを交互に見る人々。

キングコカトリスのほうは先ほどから曲がったくちばしでつついたり、爪で引っかいたり、蛇のような尻尾で叩いたりしていた。

この障壁は先ほどの急降下でもひび割れないのだ。

形の悪いくちばしでつついても、当然壊せるはずがない。

足の爪で引っかこうにも、障壁が邪魔して羽をうまく広げられないからバランスが保てず、空《から》ぶることが多い。

尻尾のビンタもバシンバシンと音がするだけ。ただの騒音だった。

次にキングコカトリスは、まるで息を吸いこむかのような動作をする。

それを見た騎士の隊長は、その予備動作に見覚えがあったので大声を出した。

「離れろ！　石化ブレスだ！」

キングコカトリスと周りの距離を離れさせた。周囲は悲鳴を上げて離れる。

「大丈夫ですよー」

障壁で囲んだ当の受付嬢はきょとんとして、のんきに言った。

キングコカトリスの反撃――石化ブレスが放たれた――！

通常のコカトリスよりも、強力なブレスだ。

ぶわぁっと立方体の障壁内が、灰色の煙に包まれる。

ブレスは不透明で、中の魔物も見えなくなった。しかし、その魔物は勝利を確信したのか、もくもくした立方体の中で、陽気な鳴き声を出している。

魔物に詳しいフェリオは、今度こそ解き放たれてしまうと予想していた。なぜならキングコカトリスの強化された石化ブレスは、生き物以外のものにも、それこそ障壁魔法さえも石化させる強力なブレスだからだ。そして石になったそれを、つついたり蹴ったりして壊す。

障壁の厚さはシャーロットの手首くらいだったので、石化したらかなり巨大な塀が壊されることになるだろう。

――しかし、いくら待っても石化しなかった。それどころかだんだん中の視界が晴れていく。

とうとう、吐いたブレスがすべて地に落ちた。立方体内は、また魔物が見えるようになった。

「すげー！　石化ブレスってキラキラしてたんだなー」

お調子者そうな若者が感想を漏らした。

逃げていた人たちも戻ってきて見物している。

――そのキラキラした成分が、付着することで石化する。空気に触れると乾き、ただの砂と化すのでそれからは触れても問題ない。キングコカトリスが自身のブレスで石化しないのは、石化耐性があるからだと言われている。

フェリオが平常心を保っていたら、そう説明してくれるかもしれない。

しかし、彼は自分の長年の常識を覆《くつがえ》されたので、そんな暇はなかった。

シャーロットの障壁は爪の先ほども石化せず、相変わらずきれいなままだ。中の魔物は悔し紛れにばたばた羽を羽ばたかせ、悔しそうな鳴き声を出している。

「それでは、ギルマス！　フェリオさん！　行きますよー」

「おう！」

「…………うん」

ギルドの三人は、突然何かを始めるようだ。

新しいギルマスは、キングコカトリスの後ろに回り戦闘態勢。査定担当は、石を数個持っている。

新しい受付嬢は、――なぜか包丁を持っていた。

「……いや。お前はいいから……せめて投石にしろ」

包丁で何をするつもりか察したのか、ギルマスは彼女を制した。

「な、待て！　あれを倒すのか。我々も参加させてくれ！」

騎士の隊長が、慌てて戦闘参加を申し出る。

誰もがギルド側の「お願いします」という言葉を待った。

しかし彼女は――。

「すみませんが、嫌です。ご遠慮ください」

申し訳なさそうには見えなかったが、少し丁寧《ていねい》に断った。

◇　◇　◆　◇

「本当にすまんな！　長く騒がせるけど我慢してくれ」

広場に鎮座しているやかましい立方体を前に、住人に謝っておく新しいギルドマスター。

町の住人も騎士たちも驚いた顔をしている。まさか、断られるとは露ほども思わなかったといった表情だ。

数人で倒すより大勢で倒すほうが、早いし疲れない。スタンピードを数多く経験している人たちにとって、とても常識的なことである。

「――な、なぜだ」

だから当然、隊長は聞く。

理由はとんでもないことだった。

「俺たちはこれを売って、ギルドの床と壁を改装するんだよ。費用に充《あ》てるわけだ」

「な……っ」

騎士も住人も、周囲にいる人々はびっくりしている。

隣でうんうんと頷いていた受付嬢は続けた。

「山分けしたら、床が直らないじゃないですか。なので騎士さんは、本当にすみませんが、どうぞお引き取りください」

「…………まさか、攻撃魔法も使うのか」

こんな巨大な障壁を出す魔法使いが、攻撃魔法も使うのか。

「攻撃は主にギルマスにお願いします」

さすがにそれはなかった。

「しかし、どうやってやつ一人で倒す。この町に被害を与えるようなことは許さんぞ」

騎士として真っ当な意見だった。

「被害なんて与えませんよー。障壁はこのままにして倒すんですから」

「何？」

「今この障壁は、内側にいる魔物の攻撃をはじいています。しかし、外側にいる人は通り抜けられるようにしています。なので、――――あ、そこにいる方、手を入れては危ないですよー」

つい好奇心で障壁を触ろうとした若者。障壁が素通りすることが面白く、指を中まで入れていた。

――そこを目ざとくキングコカトリスが襲いかかる。

ガキンッと音がしたが、その若者は持ち前の速さで指をすばやく抜いていた。中の魔物は、障壁の内側に阻まれて獲物を狩り損ねる。

「あっぶねー！」

魔物から逃れた若者が叫んだ。

「はい、ご覧のとおり。外からは通り抜け可能で、中の魔物は阻まれます。ちなみに外から中へ、完全に入ったあとも自由に出られます。なので、私たちが魔物の気を引いているあいだに、ギルマスが攻撃する作戦です」

障壁使いの女性と査定担当が、キングコカトリスの注意を引く。その隙をついてギルマスが熊パンチする。そして、攻撃を受ける前に障壁の外に引く。それを繰り返す。

「だ、だとしても、いくら何でも……どれだけかかると思っている！」

「はて。何とか夜までに終わればいいですけど……」

シャーロットはギルマスに確認すると、留守番のサブマスも呼んでくるか会議を始めようとした。

「夜まで？　そんなに君の障壁は持つのかね」

「当たり前じゃないですかー」

ははは。と笑うギルドの受付嬢に、数人が面食らう。城門くらいの大きさのキングコカトリスを囲んでいる障壁。それを夜まで持たせるというのだ。驚きもする。

「じゃ、始めるぞ」

サブマスを呼ぶとギルドががら空きになってしまうので、結局三人のままで倒すらしい。

「ま、待ちたまえ！」

「……何でしょう」

まだ何か、と言いたげな二人。査定担当は投石用の石をさらに拾っていた。

「君たちは、キングコカトリスの素材を売りたいのだな」

そうだ。と肯定する受付嬢とギルマス。ついでに査定担当。

「では、その魔物の素材は、すべてギルドが持っていけばよい。その代わり、我々にこれを倒す経験を積ませてくれ」

このような上級の魔物を倒す機会はなかなかない。しかも安全といえそうな状態で。ぜひ訓練させてほしいと申し出た。

「騎士さんたち、ただ戦って疲れるだけですよ。本当に何か要求しないんですか」

「君は元々冒険者か？　戦って報酬がないのはおかしいと思うかもしれないが、我々は騎士だ。この町の人々に、我々は町を守れるのだと示したい。後ろめたいことは何もないと……」

今回領主が大罪を犯したことで、騎士団にも変化があった。同罪で連れていかれた者や、罪には問われずとも何か思うところがあって辞めた者。領主がいないなら辞めるという忠義を尽くした者。

彼らアーリズの町の魔物討伐部隊も、領主に誓いを立てた身。いくら今回の件に関わっておらず、むしろ寝耳に水だったとしても、ここを追われるのだと思っていた。

そう。騎士は騎士でも魔物討伐部隊の彼らは、領主の側近にいた騎士と違い、何も知らされていなかった。前領主は、計画を知る者を少数にとどめていたようなのだ。

そんな魔物討伐部隊は、領主が悪事を働いていた最中、スタンピードによって壊された町を復興する手伝いをしていた。

破壊された城壁の隙間から魔物が入り込まないよう防衛し、破壊された家の瓦礫を片付ける。前領主に、町を視察するよう進言したこともあった。

そしてやっと町が元に戻ってきたと思ったら、あの騒ぎである。

最近就任した新領主に呼び出されたときは、当然「去れ」と言われるものだと思っていた。

しかし新領主は、彼らを追い出さなかった。

『身の潔白《けっぱく》は確認済みだから、このままいてくれないか。私はスタンピードのときの対処法に疎い。むしろいてくれないと困る』

魔物討伐部隊の彼らはこの町に家族もいる。正直ありがたかった。

「キングコカトリスを安全圏から攻撃するとしても、倒せるということを示したい。町の者たちにも、我らの部隊は、これからも町の味方であることをわかってもらいたいのである」

それを聞いてギルド関係者――新ギルマス、新人受付嬢、再雇用の査定の三人で話し合いをした。

……………話はまとまったらしい。

「いつもどおりできるんだよな？　毒も使わんでほしいんだ。どのくらいかかりそうだ」

「精鋭《せいえい》でやらせてもらう。昼の鐘は……過ぎると思うがそれでも早く済まそう」

ギルマスが隊長に確認すると、すぐに反応したのはこの女性。

「わぁ！　それで提案なんですけど、もうすぐお昼じゃないですか。騎士さんも町の皆さんも。一緒にキングコカトリス食べませんか？」

受付嬢の言葉に野次馬たちがざわつく。

「キングコカトリスを人生で食べることなんざ、あまりないぞ。お前ら食べたくないか？」

新ギルマスが周囲の人たちに語りかけた。

「もちろん、肉以外はギルドの改装代だ」

先ほど査定担当のフェリオから聞いて、肉以外の素材は十分改装代になると確認済みだ。

意見が合致したので、騎士の隊長は人を集めるよう部下に指示。

他の騎士は、一般人をこれからの戦闘に巻きこまないよう、でも見物できるよう誘導している。

新ギルマスは、ギルドにいる解体チームを呼びに行った。

鼻の利く孤児院の子供たちが、わらわらとやってくる。

肝心の料理ができる人は、募集しなくてもやってきた。

屋台をやっている人たちが、自身の店ごと持ってきて準備する。料理屋を営んでいる人たちは、野外で調理する用のテントを持参。キングコカトリスを料理できる機会を逃したくないようだった。

シャーロットは障壁を張っていることでその場を離れられないから、フェリオと魔物の勉強をすることにした。手には二本目の魔力回復ポーションが握られている。その周りには護衛の騎士が数人いた。隊長が置いていったのだろう。

広場には冒険者もいた。

この町はギルドの不祥事があって、冒険者はあまり滞在していなかったが、こちらのパーティーはたまたま広場に来ていた。

遠征中にギルドの事件を聞いて、アーリズに帰ってきたパーティーだ。

彼らは帰ってくる途中、前ギルドマスターの仲間が、ポーションを盗んで町を出たと聞いた。その盗人を見つけぼこぼこにし、品物と一緒に持ち帰ったのがつい最近。

「ほら、邪魔するんじゃないよ」

背の高い女性が、障壁の周りをうろちょろしていた若い男に注意する。

「なー。俺らも交ざろーぜ」

彼は、先ほどシャーロットの障壁に手を突っ込んで、危うくキングコカトリスのえさになりかけた男だった。

「今回はあっちに花持たせとけ。帰るぞ」

リーダーの一言でここから去ることが決定した。

「えー！　せめてキングコカトリス食べていこーぜ」

「ゲイル。『羊の闘志』はな、タダ飯は食らわねぇんだ。――――それにしても、今度の受付は面《おも》白《しれ》ぇの入ったな」

シャーロットを見た『羊の闘志』リーダー。その視線を追ってゲイルも見る。

「あっさりした体格の子だなー。もっと胸のある子がよかったー」

「受付は胸じゃないよ。馬鹿だね」

参加しないのならば、ただ邪魔になるだけなので彼らは去っていく。


シャーロットの感想をつぶやいた彼は二年後、その出来事を覚えていた仲間たちから、からかわれることとなった。

「シャーロットが聞いていたら、お前ぇの腕は今なかったな」

「冒険者生命、終わってたね」

「今伝えたら腕落ちるかのう」

たとえシャーロットが聞いていても、彼の結果はたぶん変わらなかっただろう。だが、ゲイルはその可能性に珍しく恐れおののいていたという。


さて、彼らが去ったあと、騎士の人数が膨れ上がっていた。

「これだと全員にお肉が行き渡らないですよ」

シャーロットは人数を確認して、不安な顔をした。

「騎士見習いを見学させてやっているだけである。肉はもらわなくて結構」

隊長は声を張り上げ、数人の騎士見習いをしょんぼりさせた。

これだけの人数を連れてきたのは、見学させるだけではない。野次馬が必要以上に前に出ないよう、誘導する役も含める。そして、もしもシャーロットの障壁が消えたり、機能しなくなったときのための戦力だった。

そんなことをシャーロットが気づく暇もなく、隊長は続ける。

「それよりもだ。スタンピードのときだけでよい、城門に同じように障壁を作ることは可能かね——

——」

シャーロットが騎士の隊長に、今後のスタンピードの作戦案を聞かされていた頃。

「いやあ。きれいな壁じゃのう」

城壁の上で、真っ先にキングコカトリスを見つけていた壁職人の老人も広場に来ていた。

様子を見てきた仲間に、「キングコカトリスはこれから退治されて、住人に肉が振る舞われるそうだ」と聞いたからだ。

「ああ。壁職人のおじいさん。あの子の障壁、なかなかいい出来だと思うのかい？」

職人の意見に興味があった一人が彼に聞く。

店のお菓子を並べようとした矢先に騒ぎがあって、ついつい見に来た菓子職人だった。

「そうじゃ。見てみい。角がぴたっとくっついて、表面が滑らかじゃ。障壁魔法といえど、こんなにきれいなのは、なかなかないぞい」

「壁職人のおじいさんも認める壁か。あの子も立派な壁職人ってわけ。確かに形がきれいだね。こっちも参考にしようかな」

菓子職人も何か閃いたらしい。

壁職人と菓子職人。

二人の職人の小さな会話がきっかけで、二年をかけて町に浸透していく。

広まりを止めるのはこのタイミングだったが、どうにもできなかった。なぜなら彼女は開始された戦闘を見学し、さらにお腹が空いたため、周りを確認する余裕がなかったからだ。

彼女はそのとき『鑑定』で、自身の称号に愕然とすることになるだろう。

子供たちは、親のいる子も孤児院の子も皆、興味津々。技を盗もうと目を離さない子もいる。皆で観戦し、大声で応援した。

退治されたときは大歓声を上げた。

そこに商人ギルドの職員が、お金のにおいをかぎつけたのか、単に話をしに来たのか、フェリオの元にやってきた。

「おや。新しいギルドになって戻ったのですか」

「そう。今日からというところ」

見るともう必要なくなった障壁が姿を消し、キングコカトリスの解体が始まっていた。

◇　◇　◇　◆

皆と一緒に、キングコカトリス・ドン（炊いたコメの上にキングコカトリスの肉が載ったドンブリ飯のこと）を食べたシャーロットたち。

留守番をしている新サブマスのため、串焼きを持って帰る。ドンブリはすぐなくなったので、串焼きしか持ち帰れなかった。

「――うおっ。……やるじゃねぇか」

ギルドの入り口横にこんもりと人が積まれていた。前ギルドマスターの手先と思われる者たちだ。全員びしょぬれである。

「このギルドはどうなっているんだい。稼いでこいといったけど、本当に討伐するとは思わないよ」

「おじいちゃんサブマスー。串焼きもらってきましたよー。これでやっと安全な床になりますよ」

サブマスと呼ばれた人物は、「誰がおじいちゃんだい」と怒りながら、串焼きをしっかり受け取っていた。

問題の床は入り口すぐ。

新ギルマスは大股で特に気にせず越え、新人受付嬢は迂回《うかい》して通った。

羽を持つ査定担当は、羽ばたいて飛び越える。

やっとこれから、――アーリズの町の冒険者ギルドが、新しく始まるのだ。

BKブックス

転生した受付嬢のギルド日誌

2019年7月20日　初版第一刷発行

著　者　Seica《せいか》

イラストレーター　てつぶた

発行人　大島雄司

発行所　株式会社ぶんか社
〒102-8405　東京都千代田区一番町29-6
TEL 03-3222-5125（編集部）
TEL 03-3222-5115（出版営業部）
www.bunkasha.co.jp

装　丁　AFTERGLOW

編　集　株式会社 パルプライド

印刷所　大日本印刷株式会社

ISBN978-4-8211-4525-6